소요 공방에서 눈부시고 따뜻한
계절을 보내길 바랍니다.

Yeon

希望你在塑窯工坊度過明亮又溫暖的季節。

手心裡的季節

공방의 계절

延沼珉 연소민－著

黃千真－譯

繁體中文版序

《手心裡的季節》能在翻譯後與各位台灣讀者見面，我很開心也很激動。在故事開始前，我有話想先跟各位說，才寫了這封短短的信。

這本小說對我而言非常特別，除了是我以作家身分出版的第一本單行本之外，更因為它裡面有著我本人的故事，所以也更加別具意義。第一次去塑窯工坊那天的記憶依然十分鮮明，包含不太好聞的泥土味，忙著動手修整器物的學員，以及老師問我要不要學捏陶的輕快語氣……

讓我下定決心要「用我喜歡的空間為背景寫小說」的原因，我想應該是在塑窯工坊裡的我很常笑，也很幸福，偶爾還會出神恍惚的關係。為了記住那個時期，我想把我在工坊的回憶，像拍照一樣用小說的形式留存，也希望其他人能像我一樣，得到慰藉與力量，因而寫了這本小說。

在面對對某些人而言是小事，卻會讓我感到沉重的事情時，我依然會透過捏陶調整心態。最近我也做了一個很特別的陶盒，它擁有像蘋果一樣圓潤的身軀，上頭蓋著一頂猶如貝雷帽的蓋子，是一個很可愛的盒子。要裝糖果或巧克力？還是每到冬天會在家裡四處亂丟的護唇膏？又或者是不久前新買的咖啡豆？雖然我也苦惱過該用它來裝什麼，但最後卻什麼都沒放。總覺得我好像又聽到塑窯工坊的老師說著「製作陶器時，應該優先思考它的用途」那嚴厲又充滿愛的聲音。

幾天前，我重複著在這個陶盒放入各類物品的動作，結果把蓋子摔破了。我到現在還是不太會掌控陶器，偶爾也會在沒能完成作品的狀態下空手而回。照顧自己這件事就跟陶藝一樣，對我來說依然很困難，似乎也永遠無法變得熟練，但我跟以前不同的是，我不會再因為這種事想哭了。《手心裡的季節》並沒有探討如何完全克服失誤與失敗，而是想分享「我們以後也會反覆犯下相同錯誤，每當這時候，我該如何溫柔地對待自己」，我想藉由這本小說，跟大家一起思考如何照顧好自己的日常。

最近在燒陶時，我偶爾會冒出懷念的心情。小說裡塑窯工坊的大家都過得好嗎？我也會悄悄地用內心話送上我的問候與關懷。在寫這封信的同時，我暫時脫離了冬天，久違地回到溫暖的塑窯工坊，這一切都是多虧了台灣讀者們。

各位現在都停留在哪個季節呢？我想我們每個人應該都在過著不同季節吧？即便做了充分準備與覺悟，也可能在某天迎來過於殘酷的季節，但我希望各位到時候也別忘記，陶器是因為撐過了高溫，才能變得更加堅固且美麗。

謝謝大家。

二〇二五年一月

飽含心意

延沼珉

CONTENTS

比夏天更炎熱的事

正珉忘不掉去年第一次被秋天的尖刺給刺傷的時候。

掉在路上的許多板栗之中，她撿起幸運躲過行人腳步、完好如初的那顆。她拍掉板栗殼的塵土，撐開外殼，但似乎已有人拿走了果實，裡面空空如也。也不知道又撿了多少顆空心板栗，尖刺的殼斗刺破她柔嫩的手掌，在相差無幾的尖刺間藏著一根特別生氣也特別尖銳的刺，正珉更加使勁捏著那顆板栗，她想懲罰在這段時間若無其事寫作的手。血滴凝結成圓珠狀，熱辣的刺痛感從手掌沿著脊椎蔓延到腳尖。

在那天之後，正珉就不曾出過家門。那是發生在她剛搬來栗刺村，才剛過完一個季節時的事。

一年前，與這棟公寓初次相遇的夏天也和今年一樣熱。正珉四處看房子，又熱又渴，也非常疲憊。對於每兩年就要上演一次的搬家感到厭倦的她，除了實用性以外，對「家」這個空間感受不到任何魅力。

「這是今天的最後一間了嗎？」

正珉的詢問顯得有氣無力，雖然房仲說有好房源釋出，帶著正珉在日山四處跑跳折騰，但她也無法當下就欣然決定簽約。覺得乾淨的房子，價格高得離譜；大致符合預算的房源，又都位於難以通勤的都市外圍。

「小姐，等等！再看一間吧，有間很適合一個人住，很不錯的公寓，真的是最後一間了！」

「……好，那就看吧。」

想盡辦法都要簽約的房仲與看起來一直都很猶豫的正珉之間，持續進行著隱隱約約的神經戰，但正珉也不想拖到週末，她打算今天看完所有房源就做決定。對於身為節目企劃，週末和平日界線模糊的她而言，週末無比珍貴。

「妳喜歡栗子嗎？」走進栗刺村的小巷，房仲突如其來地問。

「沒特別喜歡。」

「這裡整排都是板栗樹，秋天會結很多板栗，街景也很漂亮，社區阿姨們也都會來撿板栗……」

正珉沒有接話，夏天的樹看起來都差不多，一叢叢綠油油的樹葉與褐色樹幹，在她眼中也分不出哪些才是板栗樹。

第四區位於整個公寓住宅區的最高處，持續的上坡路也讓房仲的話驟減，兩人專注於走路這件事本身。在看到那棟公寓當下，正珉停下腳步，她對這棟房子一見鍾情。公寓外牆油漆斑駁，但少見的拱門窗型陽台，以及沿著窗框漆成橘黃色作為點綴的跳色外牆都讓人聯想到歐洲。橘黃色窗框給人沒有壓力的快活感，也非常適合這名為夏天的溫度。

三樓住戶在圓形拱門窗放了密密麻麻的多肉小盆栽，四樓尾端住戶用洗衣夾夾著五顏六色的襪子和一排巴掌大的黃色童襪迎接夏日豔陽。隔壁住戶則映照出插滿厚厚書本的書架，這家的住戶應該是受多方壓迫的大學鐘點講師吧？很妙的是，正珉竟能想像這棟公寓的日常生活是什麼樣子。

301號，正珉透過窗戶俯瞰自己剛剛所站的地方，沒有惡意的熱風包覆著她的每一根髮絲。雖然樓層不高，但因位處高地，也能清楚看見環繞遠處社區的山脊。這是正珉第一次出現想在窗戶擺東西的念頭，陷入自身思緒而不說話的她遲來地發現這件事，正在觀察著自己臉色的房仲毫不遲疑地說：

「那就簽這家吧。」

感覺不會對這裡感到厭倦，也能在這裡待上很長一段時間。就像正在加速，不踩踏板也會前進的自行車，自己的人生也會順順利利，這是正珉第一次喜歡上自己要住的「家」。

然後，那個夢一下就被吹得煙消雲散。正珉騎的自行車進入下坡路，難以承受的加速度讓她往後倒下，在空轉的踏板也停下時，她知道一切都已經耗盡了。那大概發生在橘黃色變成黑漆漆磚牆色的秋天之際。

尚處於製作階段的無線台紀錄片方，單方面通知正珉中止合約，她用丟的方式歸還出入證，也不曉得自己為什麼能這麼理直氣壯，但她表情絲毫未變，直接打包走人了。

其實正珉不太記得當時的事了，是在幾個月後，聽了企劃同事所說的話才能大概掌握當天的狀況。對方甚至還能詳細說出那天她穿什麼衣服，還說她的行為令人嘆為觀止。明明曾是個對工作傾注滿腔熱情的人，最後竟是自己走出電視台，令人難以置信。過了一個季節，她唯一能確定的事實是，那股難以言喻，猶如詛咒般的情緒在她內心深處扎根。

現在的正珉不再和沉迷於植栽裝飾的鄰居主婦聊天，不再好奇出生時就是健康寶寶的四樓小朋友長得多大了，也不再出借小說給隔壁那個書迷研究生了。在這個建築物顏色會隨著陽光改變的和平小村莊裡，正珉實在幸福不起來。曾因為能讓人聯想到歐洲而讓她抿嘴微笑的那扇窗，再次回到除了名為換氣的實用性用途外，不再有任何意義的狀態。秋高氣爽的晴朗天空驟暗，彷彿要吞沒她的公寓。從變得涼爽的十一月起，她再也沒有拉開窗戶窗簾，也看不見冬天的天空。當家裡的空氣沉降，周遭變得寧靜時，她才會浮現「下雪了嗎？」的念頭，如此而已。四季更迭，下起春雨，因為地勢較高，那破抹布色的天空似乎伸手就能觸及。正珉度過一段分不清今天、昨天或明天，沒有任何起伏與波動的直線時間。雖然她被困在「三十歲」這個人生時期的迷宮，但或許是她也放棄逃脫了，甚至也不覺得茫然，能在這個家順利生活下去的預感也漂亮地走偏了。

正珉被自責的情緒籠罩，就這樣過了三個季節。一年前被刺傷的右手掌痛症也越來越薄弱的一個夏日早晨，正珉突然大叫著從位子跳起。但並不是因為有什麼像樣的決心或目標，不對，她打從一開始就不是喊出一句話，而是甚至無法成為一個完整單字的「聲音」而已。然而，在這聲音中卻蘊含著不做點什麼不行的極大壓力。其實這種驚叫從春天就一直持續著，她要是持續過著這種繭居族的生活，好像會永遠無法再踏進社會，獨自老死。再加上光是呼吸就消耗了數十萬韓元，感覺每個月都被要求支付自己的性命費，也就有種得至少按照這個金額生活的感覺，這樣才不會覺得活著是在浪費錢。

驚叫聲在沒多少家具的正珉雙房住處蔓延，她直到聽見回音才想起，自己已經很久沒有發出震動聲帶的聲音了。在回音觸及天花板一角消失時，正珉漱了漱散發出焦糊味的口腔，她甚至忘了現在是夏天，穿著長袖長褲就出了家門。

八月的陽光充滿生命力，正珉在讓後腦勺刺痛的豔陽下搖搖晃晃地走著，猶如本來被關在殺菌設施，在陽光下失去免疫力的人。她汗如雨下，畢竟身著黑長袖襯衫以及垂到腳踝以下的牛仔褲，這是自作自受。她似乎又瘦了一點，空洞衣服下的屁股和小腿鬆垮猶如喪失原有機能，感覺就連原本也可有可無的肌肉都流失了。

才踏出家門不到三十分鐘，她最後還是選擇躲進咖啡廳。黃色招牌的連鎖咖啡廳有好幾家分店，但正珉下了很大的決心，既然出門了就要喝杯好喝的咖啡，不是為了擊退睡魔的大容量咖啡，而是精心製作的咖啡。她一面期待著會出現其他咖啡廳，一面彎進一條巷子。有家外觀看起來像咖啡廳，但沒有任何招牌的店映入眼簾，雖然其中一面牆是落地窗，但因為占據店門口的許多花盆遮擋卻怎樣也看不到店內，看起來就像小時候讀過的西洋童話中魔女的家。占據大多數花盆且有威嚇意味的仙人掌豎著尖刺，這是從來沒見過的店，正珉把這當成是一種挑戰，盡可能賦予各種意義後，走進店裡。

「你好，請問這裡是咖啡廳……」

正珉沒把原本要說的話講完，因為一進門就聞到撲鼻而來的土味，陳列在層架上的滿滿陶藝品也映入眼簾。店裡有兩個女人身穿沾滿陶土的圍裙，一個是正在陶輪前和陶土對抗的二十幾歲女性，另一個則是在外面呆呆看著，看起來對生活有點倦怠的四十幾歲女性。

「不好意思，我以為是咖啡廳才進來的。」

雖然迅速道了歉，但對方絲毫不覺得慌張的態度反而更讓正珉手足無措，好像自己早就預約要來這裡似的。

「很多人都這麼誤會，畢竟看不清裡面，招牌也很小嘛。遺憾的是這裡是陶藝工坊，但妳流了好多汗啊。」

看起來應該是工坊主人的四十幾歲女性毫無顧忌地搭了話。

「出來散步，走了點路。」

正珉尷尬地用手搧風，她微微低頭看著身上的衣服，幸好還沒有出現汗印。

「天氣這麼熱，在這裡喝杯咖啡吧。雖然不比咖啡專門店，但這邊也有很多種濾掛包，也可以做甜的。」

年輕女性也停下手邊動作，補了句「剛好現在我們也正要喝杯咖啡」並把手擦乾淨。

「但還是……」

給跑錯店的客人喝咖啡究竟是多管閒事，還是親切呢？正珉一頭霧水。

「沒關係的，請坐。」

年輕女性很快到後頭搬出一張椅子，露出親切笑容。毫無理由的微笑雖然讓人有點起疑，但並不討厭，或許是被跟大自然一樣又藍又白的陶器給吸引了也不一定，人類所製作的堅硬固體竟能跟大自然的顏色如此相像也令人神奇。正珉在幾年前曾因後輩的牽強邀請，出席了「向○○女子大學校友業界人士提問」的訪談。當時被問到「是從哪裡獲得寫作靈感？」這種老套問題時，她也給了「大自然」這個老套的回答。但這不是說謊，正珉確實常常從大自然獲得靈感，特別是大海這種蔚藍又廣闊的地方。

如果不是因為陶器表面翩然的神秘藍光才無法拒絕，那就是因為覺得搬出椅子的年輕女性的粗厚手指很可愛吧？不對，最重要的應該是工坊主人對於正珉的到來感到真心高興，所以她才會無法拒絕這股盛情。對方直到稍早前都還像獨自被世界拋棄的人，剛剛還發著呆的女人臉上也有了喜色，雖然表情變化讓人有點在意，但也莫名地使人心情變好，正珉就像被魔法吸引般入座。

「要喝甜的？還是黑咖啡？」

「黑咖啡，麻煩妳了。」

「焦香的可以嗎？有點酸味的已經沒貨了。我們家的咖啡有特別秘方，與個人對咖啡豆的喜好無關，味道應該都不錯。對了，下次可以試試甜的，其實我的特長是甜咖啡喔。」

下次？是要她下次又來工坊喝咖啡的意思嗎？正珉禮貌性地笑了笑，簡短應了聲「好」。坐在旁邊的年輕女性沒有特別搭話這點讓正珉十分滿意，她可不想要那種尷尬曖昧，互相打探對方的對話。

吹著涼快的冷氣，汗很快就乾了，工坊裡唯一發出聲音的咖啡爐像在展示存在感般地冒著煙，咖啡一沖，在空氣裡原有的陶土味散發出微微的咖啡香，這個空間立刻充滿著「無法定義的香氣」。陶土的味道與咖啡香的組合雖然是從沒想像過的味道，但比想像中好一點。比起甜、苦、腥這種鼻子提供的生理判斷，「無害」的情緒性判斷反而更加明顯，能讓嗅覺敏感的正珉，情緒性判斷走在生理性判斷前面的狀況也很少見。

「我做成冰的，比較涼快。」

一杯熱咖啡和一杯冰咖啡，感覺連杯子都是自己做的，看起來跟陳列品設計雷同。原本在使用陶輪的女性把咖啡當成啤酒大口灌，剛剛只是稍微看一眼也覺得對方跟陶土對抗的樣子好像很累。正珉已用汗水排了一輪水分，甚至覺得濃郁的褐色咖啡看起來非常可口，實際上也是好喝到讓她無法反駁對方的自信滿滿。感覺不是太特別，但又有著包覆舌頭的特殊美感，她聞了聞咖啡香，似乎不是連鎖店的咖啡豆。做了七年的電視台工作，熬夜已成日常的正珉不可能喝不出大企業的咖啡味。於是她再次冷靜地啜了咖啡，含在口中細細品味著，但腦中也沒有浮現出任何品牌。也是啦，都辭職幾個月了，每天都在家睡覺也不需要喝咖啡了，似乎連味覺也變遲鈍了。

「很好喝，真的好喝，可以冒昧請教是哪裡的咖啡豆嗎？」

「其實我也不知道這是哪裡的豆子，畢竟是人家送的禮物之一，我猜應該是耶加雪菲的咖啡豆吧……」

正珉對咖啡味道的秘密十分好奇，工坊主人看著疑惑的她，接著說。

「即使用了平凡咖啡豆，我們家的咖啡依然好喝的原因應該是來自於杯子，這是從一千兩百五十度土窯裡烤出來的堅硬陶器。把黑咖啡倒進散發玉色的青瓷杯，喝起來會覺得更好喝。我剛剛說的甜咖啡就一定要用有光澤的白瓷杯喝，大概是因為想到砂糖的形象，所以會覺得更加美味。」

年輕女性也補了句話，增添「咖啡秘方」的可信度：

「我一開始也不相信，原本以為是元曉大師的屍水[1]那種安慰劑效果，但真的有點微妙差異。比起精準的味道不同，比較像是風味差異。我主修化學，一對這種事好奇就會停不下來，所以我大概研究了一下，應該是因為陶器表面和咖啡成分起了化學效應，不也有人說過陶器是會呼吸的嗎？」

「真是神奇。」

怪的是，正珉竟然被這兩個女人「信不信由你」的一番話說服了，一面想著「搞不好秘密真的是在陶杯裡，而不是咖啡豆」的她雙手緊握杯子，這明明是裝了很多冰塊的陶器，但卻好像感受到一千兩百五十度的溫度。這是她第一次試著估量超過一千度的溫度，但不是熱或燙，而是暖流沿著手掌血管順著動脈蔓

1. 韓國高僧元曉大師前往中國求法，夜宿野外。一天夜裡，他口渴醒來，在黑暗中發現附近有一灘泉水，捧水即喝，便繼續睡去。天亮後，他定睛一看，沒想到昨夜他暢飲的泉水竟是一灘白骨浸泡在裡頭的屍水。元曉大師體會到泉水與屍水，無二無別，一切唯心所造。

延。與因為冷氣而變得涼快的感覺不同，而是暖意竄入骨子裡，進而舒緩了緊張。身體無可奈何地融化，冷是無法贏過暖的。感覺之後又會再想起這個咖啡的味道，而且是精闢如年輕女性所言，比起味道，更會想起它的風味。

「請問後面的瓷器是有在販售的商品嗎？」

「當然，妳慢慢看，這類型的馬克杯和茶杯都放在上面了。」

與掛著貴得離譜的價碼標籤的百貨公司陶器不同，這裡看起來相當隨意。有的擺得相當緊密，甚至還有層層堆疊的。雖然有點擔心這樣會不會有裂痕或缺角，但看起來就像一般家庭的櫥櫃一樣親切。看著有高純度白色的杯子，自然想起焦糖瑪奇朵；看到以玉色和白色為底色的杯子就想起奶茶，還有漆上黑釉的杯子，一看就想立刻去買香草冰淇淋回來做阿芙佳朵吃。這或許是因為工坊主人提到的「印象」效果使然，身為文字工作者的正珉習得這種想像力的速度相當快，用雙手捧著一個個珍貴的杯子，在掌心感受到滿滿的溫度。她很好奇這些杯子在不久前所待的窯裡溫度是幾度。直到剛剛都還滿頭大汗咒罵著這個夏天，結果現在卻在尋找比天氣更熱的東西，對於欲望如此矛盾的自己感到相當有趣。

「因為我很喜歡咖啡，職業特性上也常要熬夜，想說有個這種杯子應該很不錯。」

「那不要用買的，要不要自己試做看看呢？」

女人用跟剛剛「喝杯咖啡再走」類似的語氣及語速提議，看起來是很懂怎麼用不給對方壓力的方式說話。

「但我完全沒有手藝可言，美術天分等於零，不可能做出來的。」

「這部分倒是不用擔心，旁邊這位會員也是第一次接觸工藝，但她現在的實力已經可以在生活市集賣作品了。只要妳有想裝進容器的東西，用這個作為開始的理由就很足夠了。」

「想裝進容器的東西」啊……正珉想起剛剛想像的焦糖瑪奇朵、奶茶和阿芙佳朵，但它肯定可以裝進更多東西，在一千兩百五十度窯烤而成的溫暖堅固陶器中，裡面是不是還能裝填沒有味道也沒有重量的無形之物呢？

「妳住附近嗎？」工坊主人啜了口咖啡問。

「對，我住在栗刺村四區，大概一年了。」

女人一臉很有興趣，瞪大眼睛說：

「那離這邊超近啊，搞不好我們曾在路上擦身而過幾次呢。」

「應該是不可能，因為我只待在家裡。」正珉無精打采地笑了。

「我也是，其實我也才剛被抓出洞穴沒多久而已。」

正珉緊咬著嘴唇，以前曾有個朋友也跟她說過「我會把妳從洞穴抓出來」，是任誰聽了都是那種「我是為妳好」令人不舒服的語氣。雖然對方自認是個善良的朋友，但這對於能分一點點位置給別人的餘力都沒有的正珉而言，聽起來就跟威脅沒兩樣。

「但待在洞穴裡也不錯吧？」

女人說出令人意外的話，正珉在對方身上感到原因不明的平靜，緩緩點頭，她的雙手依然捧著陶杯。

為了決定上課時間，工坊主人詢問了正珉平常的行程，她說自己最近在休息，所以時間很多。講好聽一點是休息，其實就是個無業遊民，但如果說自己無業，大部分的人都會依照5W1H原則開始問之前從事什麼工作，最後再說「唉唷，妳肯定很擔心吧」假裝擔心妳。自顧自地隨心所欲把對方定調為會對未來焦慮，甚至是對適應社會有缺陷的人。但工坊主人的話不多，只濃縮成一句「有閒真好呢」，正珉才發現自己毋須在這個不會探究過多內情的人面前緊張。

「那就先每週兩次，週二和週四，如何？目標是在頭兩週的平日先跟我一起練土捏陶，和陶土變親近，接著再把一天平日挪到星期六參加上班族課程。我叫曹熙，可以叫我老師，這位是智慧小姐，妳的工坊前輩。」

語畢，曹熙突然把桌曆八月那頁撕下來，在正珉應該出席的日子打圈，並把那一頁給了正珉。多虧了四方形紙上滿滿的數字，才能知道一個月的時間有多長。

只要60%就好

「週二和週四，如何？」

即便已經熄燈，曹熙的話依然像在眼前飄搖的日光燈殘影，在正珉耳邊迴盪。她昨晚睡前先設定鬧鐘，看到以前會從早上七點到九點，以每五分鐘的頻率設定鬧鐘的紀錄，想起她曾經非常劇烈的生活。同時又對現在雖然有點無精打采，但至少不用再過那種生活而感到安心，好像又一次被允許放假一樣。

聽到鬧鐘聲響，一睜眼就想起曹熙要自己一定要吃飽再去上課的叮嚀，正珉久違吃了頓像樣的午餐才出門。她沒料到自己會因為要學習什麼東西，全身血液如此暢通。這個黃澄澄的生機讓正珉感到陌生，那是她不曾擁有，也不能擁有的顏色。

栗刺村從第一區到四區之間，每區都有一些小小商家聚落，一般來說，一樓都是韓式餐廳、便利商店或老咖啡廳，樓上多半都是住家。因為流動人口少，居民年齡層平均偏高，在多數年輕人心中的印象，這裡是個無聊的社區。

工坊坐落在國小和第二區間最裡面的巷子，今天的正珉穿了符合季節的衣服，就沒像之前那樣汗如雨下了。她慢慢地環顧工坊外部，這才看到被長春藤擋住的招牌。

塑窯 SOYO

Ceramic art &

在和建築物顏色相同的白色背景，用黑色字體寫下的文字，正珉跟著被烤得黃澄澄的陶土味打開門。今天工坊的人不少，有個正在揉捏陶土開玩笑的孩子，還有一個高中生，旁邊則是之前一起喝過咖啡的智慧，智慧率先和善地靠過來介紹會員們。

「這是國小部韓率！今天沒跟朋友一起來……也是個不太知道什麼時候會來的孩子，等他下次來我再跟妳介紹，然後這位是我們工坊的未來，單名準！」

韓率用不知所措的聲音說聲「妳好」打了招呼，準則是用瞄了一眼當作打過招呼了。

智慧問正珉說能不能輕鬆點叫她姐姐，但這才第二次見面，不對，應該才1.5次見面而已，就要講半語？正珉是個對剛從大學畢業的老么企劃也會堅持尊稱對方的人。但畢竟智慧也不是同事，正珉決定想得簡單一點，於是欣然點頭答應。她覺得智慧的笑眼很漂亮，雖然她經常跟那些被捧在手心呵護長大，沒有一點波折的人處得不是太好，但還是會無可奈何地被這種人吸引。

曹熙對於正珉非常精準地在一點三十分抵達感到驚訝，還充滿真心的半開玩笑說自己不喜歡這種完美的人。她在開始上課前先泡了咖啡，好像這才是標準流程一樣。這次就真的是甜甜的榛果拿鐵了，雖然沒有黏稠奶泡，但也還是有著能用原本味道一決勝負的風味。

「我剛進來的時候看到招牌了，原來工坊的名字叫做SOYO啊。」

「哇！它都被植物淹沒了，妳居然還能發現它！我刻意把它藏在只有觀察力好的人才會發現的地方，絕對不是什麼懶得整理的關係。」

雖然這是玩土的空間，但工坊內部卻非常乾淨，可以推斷曹熙「絕對不是懶得整理」的說詞應該是事實。

「外頭植物非常茂盛，就連我一開始也不知道這裡是工坊啊。工坊名稱是因為製作陶器需要耗費[2]時間才這麼取名的嗎？」

「錯！是塑造陶土的『塑』，和窯爐的『窯』，捏陶放進窯爐烤，是非常直觀的意思。但剛剛決定要把『耗費時間』的意義也加進去了，畢竟是同音異義嘛，這個點子不錯喔！」

「是個很漂亮的名字，也很容易發音。」

「既然工坊的主體性也明確了，那我們開始吧！」

曹熙帶著正珉到工坊後面，在存放個人物品的置物櫃旁掛了好幾條圍裙，曹熙十分興奮，比第一次見面更多話。

「一來工坊的第一件事就是要來後面拿圍裙，啊對！瞧瞧我這個記性！我居然忘記幫妳訂圍裙了。今天就先借用其他會員的圍裙吧，這是秘密喔，只來週末的會員不會知道平日的狀況，雖然應該也不會有人因為這樣就說什麼啦，大家都很像熊[3]。」

2.「耗費」和「塑窯」的韓文同音異義。
3. 比喻很遲鈍。

正珉拿到一條滿是陶土也特別大件的綠色圍裙，上面有著縫得不太精美的「GS」，看起來好像是圍裙主人的名字縮寫。還有著原主人香水甜味的圍裙包覆著正珉，為了把手機放進口袋裡，她把手放進口袋，結果摸到一枚冰冷的戒指。是薄薄的銀戒，上頭雖然沒有刻印的縮寫或數字，但一眼就能看出這是情侶戒。從戒指已經有點斑駁來看，應該是對交往滿久的情侶吧。獨自推理著的正珉突然湧上一股無法言喻的罪惡感，她再度把戒指塞進口袋最深處，光是碰到戒指就有種她在偷看對方隱秘戀愛史的感覺。

只是穿上一條圍裙就有股儼然成為陶藝家的輕微興奮感，一直都警戒著不讓自己心情過度浮動的正珉也決定要好好享受當下。她拿著小水盆、兩塊海綿以及陶輪轉盤，坐在韓率所在的寬敞工作桌，曹熙坐在她身邊，問道：

「我們要先決定要做什麼吧！妳有特別想做的東西嗎？」

「我想做上次裝咖啡的馬克杯。」

「啊哈！馬克杯有把手會比較難，通常都是從簡單的盤子開始。」

正珉內心對於不能立刻做咖啡杯感到遺憾，但仍用目光掃視陳列架上的盤子，但她沒想到該做什麼比較好，對於新手的她而言，這些看起來都是過於困難，需要很多技巧的盤子。

「嗯，這個黃色盤子會很難嗎？」

雖然是因為顏色最顯眼，但被最平凡簡單的設計吸引而拿起這個盤子的正珉問道。

「那個是投入價值五百萬韓元技術的盤子，不販售，只是為了展示而做的，妳眼光很好呢。」

正珉嚇了一跳，趕緊把盤子擺回原處，總覺得好像又跟陶器產生距離了。

「一般都會先思考盤子的用途，在考量設計和美觀前，陶器的實用性才是首要。雖然在妳眼中可能都只是大小有點差別，但感覺差不多的寬盤……」

曹熙站在展示架前，拿著陶器一一說明。

「這個是適合下雨天裝煎餅的寬盤，這個是邀請朋友來家裡玩，適合吃完飯放甜點的盤子，特別是餅乾或瑪德蓮這種烤過的餅乾類。然後這個有點高度，適合裝有點湯汁的水蘿蔔辛奇。來，想像一下妳的廚房，妳會需要什麼盤子呢？」

「嗯……我的廚房很空，其實我也不太用盤子，都直接夾小菜桶裡的小菜吃，也不會分裝，也不太吃甜點，重點是……我也不下廚。」

「那妳要做的盤子非常多呢，也有一一補上的樂趣。那今天就先做個萬能碗如何呢？比手稍微再大一點的尺寸，沒有特別設計，就圓圓的，Easy is the best，越是尷尬的尺寸就越能裝東西。」

「都好。」

「第一次摸到陶土應該會感到慌張，不要想著要做到完美，做到60％就好，不多不少，就60％。」

曹熙拿出白瓷土，這一塊黏糊糊的土塊居然能變成一個圓碗嗎……正珉一開始摸到的生土是軟軟滑滑的，還比想像中冰冷。她拿擀麵棍將碟子底部的土擀成八釐米厚度，直到把陶土放上手轉盤為止都還很順利。

「現在開始要專心喔。」曹熙拿出一把小刀。

曹熙轉動著陶輪轉盤，用小刀在土盤上微微畫出盤子大小的圓形。她示範完就把小刀遞給正珉，結果正珉的手不斷發抖。令人緊張的第一次嘗試，圓形則是完美地（！）皺起來了，正珉用不知該如何是好的眼神看向曹熙。

「沒關係，再試一次。」

雖然再次轉動轉盤，但圓形變得更加乾癟，直到第三、第四次才終於出現比較像樣的圓形，但土盤已滿是滿目瘡痍的刀痕，正珉看著曹熙臉色問。

「需要重新推平嗎？」

「不用，相較於木頭、皮革或金屬，陶土從原料本身就是軟的，意思就是妳隨時都能調整修正，來，看好喔。」

曹熙用手指把失敗的土痕搓一搓，就像疤痕癒合一樣，痕跡變得模糊，逐漸消失為不曾有過痕跡的狀態。

「陶土是可以修補的……」正珉低聲喃喃道。

「妳知道圓形為什麼會一直皺起來嗎？因為妳不夠果決，握著小刀的手跟著轉盤一起轉了。妳的手應該使勁固定在一個位置上，來，現在開始盡情失敗吧。」

曹熙把最後畫的比較像樣的圓形抹掉，要正珉再試一次。轉盤的快速轉動彷彿在催促著正珉，她握著小刀的手用力，朝著三點鐘方向下刀。雖然有點偏橢圓形，但這次她就沒跟著轉盤跑了，重新拿起刀時，她的手依然在三點鐘方向。接著她再次用手指把線條抹去，再來一次，出現了完美的圓形。

用刀沿線把土切開時所感受到的陶土質地也很新鮮，就像在切一塊發酵得很好的麵糰。用海綿把土擦掉時，就像在摸一塊充滿勁道，塗滿香油的蜂蜜年糕表面。

「下一步是土條盤築法[4]，把陶土做成長條圓柱年糕那樣細細長長的，從底部開始環繞堆疊起來。」

雙手沾滿水，把陶土搓成長條，原本冰冷的陶土也因為正珉的手而快速變得溫暖。

「當陶土變暖和，就是它變乾燥的信號。當陶土越接近體溫，就需要再多沾點水，必須在過程中持續跟陶土溝通。」

曹熙說明完土條盤築法，就暫時離開位子去幫忙韓率了。因為知道了陶土是容許犯錯的，正珉就不太害怕獨立作業。反正她也不是專家，不需要像老師一樣做出多厲害的陶器。比起「拉坏」這種厲害的字眼，只要做出適合「摸陶」程度的過程就可以了，只要能做出可以裝食物，具有實用性的碗盤即可。

繞了兩圈土條，疊出高度後，接著把表面處理得光滑平整，接著再向外延展一百二十度左右，看起來也稍微像個碗盤了。正珉這才終於可以挺起肩膀，她一面伸展著因為緊張而蜷縮的肩膀，一面在工坊內部參觀。她的鼻子已不知不覺適應這個又香又澀的土味，耳朵也開始能聽到廣播的聲音，是一個在播有點頹廢的英倫搖滾樂的頻道，從披頭四到布勒合唱團、綠洲合唱團，再到酷玩樂團，流淌著不分時代的音樂，她剛剛竟然專注到根本沒注意到廣播音樂……智慧和準依然坐在陶輪前，各自戴著耳機熱中於自己的作業。正珉對於自己竟然身處於這個極度個人主義，但又友善到驚人的空間裡感到神奇。

重點是，這些環繞耳邊的噪音正是正珉一直在尋找的適當分貝數，她在家過著隱遁般的生活，沒有在聽任何音樂，就連電視也直接丟了，因為她害怕在轉台過程中看到自己做的節目。就像設成靜音模式的手機，她把自己的家關在寂靜之中，並把環繞在她身邊，外面世界的所有聲音都當成噪音。

但在塑窯工坊裡出現的聲音不一樣，就像沒有任何縫隙，非常貼合的齒輪，沒有任何聲音是突兀的。就連韓率向曹熙拋出的荒謬問題、曹熙回答這個問

4. 不使用陶輪，而是以繩狀的泥土條圈，盤築製成陶器的製陶技術。

題的調皮答覆，或是陶輪轉動時的固定聲響、智慧偶爾會喃喃自語發出詭異的感嘆詞、任何一句煩躁的表達、從準的耳機傳出的重金屬樂，或是透過落地窗傳來，外頭人們糊成一團的說話聲，又或是隨便轉的廣播頻道裡傳來電台主播的瑣碎玩笑，感覺全都在各自該在的位置，要是少了其中一個聲音，反而會讓人覺得空虛。

正珉守護了數個月的寂靜出現裂縫，正在以讓人愉快又輕快的方式龜裂著，困在寂靜中的堅硬線團開始逐漸鬆開。現在好像也不一定非得要保持安靜了，有著一些搔耳的話語聲和陶土發出的沉重聲響，反而更讓正珉覺得帥氣。

正珉做的第一個盤子除了不勻稱，還凹凸不平，但那個尷尬大小看起來還真有什麼都能裝的感覺。曹熙說了句「優秀」，雖然正珉後來才知道，這句話是她常會對沒信心的會員所說的某種口頭禪。

「今天的課就先到這裡，上釉和燒窯就下次再做吧。妳回去想想要上什麼色，以及需不需要加點光澤，這是作業。」

看了時間才發現已經快要四點了，時間瞬間消逝，正珉對於自己竟還有著能對某件事物投注心力的力氣感到十分意外。

所有作業的最後一步都是打掃，把使用過的陶輪及轉盤上的陶土擦拭乾淨，物歸原位，把水盆、海綿、小刀和木工具等洗乾淨後，放在曬得到太陽的地方晾乾。正珉照著寫有工坊規則的紙上所寫的順序開始整理。

叮——

突然有個金屬掉落的聲音，一陣哐啷啷聲響在工坊傳開，那些擺好準備晾乾的工具都掉在地上滾動，是正珉要脫圍裙時，不小心一個揮臂就把整批工具掃落地。這麼快就習得「不完美的方法」了嗎？曹熙大笑著說。智慧和韓率，連同沒期待過的準也來一起整理。一點三十分工坊開門，工坊的門再次打開時，已經是四點七分了。

陶土變成碗的瞬間

在為期兩週的平日課程結束後，決定進行上釉和燒窯的星期六早晨，正珉認為這是五個平日和兩個假日的接縫處。在扭曲與解開的反覆過程中，日子一天天過去，每次都會發出像是刮耳般的聲音。在還來不及上漆的門縫發出悚然的聲音，要是一個不小心錯位，正珉的週末就會變成平日。七個平日對任何人而言都難以承受，但反過來說，七個週末也像是無法掙脫的沼澤，令人感到沉重無力。

正珉過了七年只有七個平日的生活，過去一年則過著七個週末的生活，直到今天才終於有把平日和週末分離的感覺。這是她第一次在週末去工坊，這段時間她都和放暑假的學生，還有不知道什麼原因但好像每天都來的智慧一起度過。開設成人班的週末，她很好奇又會遇到什麼樣的新人物，工坊又會被什麼聲音填滿，但她也已經感到有些不自在。

正珉穿過拱門窗，像在默背小巷風景般地俯瞰外頭，一邊吃著早餐。上課前要好好吃頓飯已成習慣，該說這是替早餐和午晚餐劃清界線的某種意識嗎？這股意識也讓正珉的時間變得更加鮮明。工坊的週末課從早上十點開始，正珉留了要裝咖啡的肚子，放下湯匙。

曹熙看起來就像在等著正珉，熱情地迎接她的到來。圍裙終於到了，是濃郁的奶油色，以及JM這感覺像是別人名字的縮寫。看起來好像是曹熙親手縫上去的，看起來就跟上次的GS一樣歪七扭八。一有了自己的圍裙，正珉才終於有被接納為工坊會員的感覺，也很開心。雖然那個名為共同體的圍籬，可能是短暫也鬆散的，但對於總像浪人一樣搬家、連職場也沒有的自由工作者正珉而言，還是給了她心理層面深深的安慰。

身材高大的白皙男人推開工坊的門並打了招呼。

「你好。」

睜著圓眼，上揚的嘴角，明明面無表情卻上揚的嘴角讓他看起來有點違和。

「這位是我們週末班的王牌兼大前輩，基植。這位是我當時說過的新進學員正珉，以後一星期一次，週末會是基植、智慧和正珉，總共三位一起上課。」

基植學習陶藝已經兩年了，正在規劃明年要開設自己的陶藝工坊。他說他跟自己約好，年紀到了兩個相同數字時，就一定要辭掉工作，說著這話的他嘴角也更加上揚。他年紀是三十三歲，正珉看到這個樂觀相信著年過三十要轉換跑道還能成功的基植，雖然偷偷嗤之以鼻，但一方面也很羨慕。她羨慕對方能做出這種選擇的挑戰意識和膽量，她雖然比基植年輕三歲，卻沒有做出這種選擇的信心，基植身上似乎有著正珉所沒有的「明確」。

這個身高跟體格……正珉可以肯定前陣子她借用的圍裙主人肯定是這個男人。

「綠色圍裙是你的吧？其實我前陣子借用了兩週，直到今天我的圍裙終於來了，這段時間很感謝你。」

「啊！原來是妳啊，那妳有看到我放在圍裙口袋裡的戒指嗎？大概是兩週前吧？我把戒指放在口袋忘記帶走，但上週卻發現好像不見了。」

看到基植摸著有點空虛的手指，正珉想起那個細銀戒，還有那個「叮——」的聲音。正珉嚇得趕緊掃視地面，幸好戒指還在擺放陶輪的層架下方地面閃著細微光芒，她把戒指的塵土拍掉。

「真的很抱歉，我脫掉圍裙時有在想是不是有東西掉了，但沒想到是戒指……真的很對不起，是我太粗心了。」

「沒關係。」

基植沒有多說什麼，只是笑嘻嘻的。本來要戴上戒指但又想起什麼，最後把它放進褲子口袋，畢竟陶藝課是不能戴戒指的。

遲到的學生智慧是最後一個開門進來的，雖然課程已經開始，但正珉心中的介意感還是揮之不去。當時只顧著整理掉落的工具，卻沒注意到弄丟戒指的粗心讓她的臉非常火燙。借人家圍裙用就算了，甚至還差點把人家的戒指搞丟，真是個闖禍精。要是基植因為這件事跟情人吵過架……正珉一想到這裡，為了避免以後每週六的尷尬，她決定要好好向基植道歉。

雖說是同一堂課，但基植和智慧已是可以自由作業的程度了。正珉今天也是曹熙的關注重點，而且因為今天是第一次上釉，所以今天的課只需要用眼睛好好觀察曹熙的示範。曹熙拿出已經先素燒過的正珉的陶器，本來是白土，但烤過一次就出現淡粉色的光芒。外表看起來也不再濕軟，但目前的強度還跟玻璃一樣脆弱。

正珉選擇用「藍白色」上釉，對於還想像不出陶土會變成其他顏色的她，這是曹熙推薦的顏色。看了範例感覺是個很有夏天感的淺藍色。咕嚕嚕下沉，又再次撲通撲通，正珉喜歡陶土活潑又生動的聲音。一邊發呆，一邊看著在浸釉桶裡來回游泳的陶器，正珉出現想把手伸進去的想法。釉料的濃度感覺比牛奶還濃稠，但是看起來很柔滑。雖然釉料比較接近白色，但聽說放進窯裡燒過就會變成藍色。但說是這樣說，也沒有人能保證最後烤出來的會是什麼顏色，曹熙說，命運掌握在窯的手上。

「就算花幾天下功夫捏陶，也不確定它能不能在窯裡存活。喔對，我還沒帶妳看過窯場吧？我們工坊用的窯很大，應該是這附近所有工坊裡最大的。」

在堆滿木柴的內部空間裡有個窯，如曹熙所言，這個窯真的跟雙門冰箱差不多大。她自豪地說她不用瓦斯窯烤，而是使用生火的傳統柴窯。雖然這也相對要付出更多時間和辛勞，但陶器隨著燒窯時間越長，強度也會隨之提高。

「第二次燒窯的溫度就是之前說的一千兩百五十度，現在起，我們能做的就只有等待，而且要毫無留戀。」

在入窯之前，必須把坯體底部沾到的釉藥擦乾淨，因為釉藥殘渣可能導致坯體黏在窯裡。不是只要會拉坯就好，在進窯前需要特別注意的事可不只有一兩件而已。三人並肩而坐，手上各自拿著一塊海綿。

「智慧做了好多杯子耶。」

正珉瞄了一眼智慧有著光滑曲線的可愛杯子說道。

「我主要都是做小燒酒杯，偶爾也會做一些燒啤用的中型尺寸。」

沒有手把，很俐落的矮酒杯。因為是在陶輪上做的，看起來比正珉手捏的杯子更加均衡也對稱。杯子越多就表示要擦掉的底部釉藥越多，智慧用話語填滿了那段漫長時間。

她雖然是個長期待業人士，但正在讀研究所，也暫時放下求職，所以喝酒的日子也越來越長，她說是因為如果用在家裡滾來滾去、還有裂痕的酒杯喝酒，會覺得自己太淒涼，所以才決定要做自己的杯子。一開始是透過一日課接觸陶藝，後來也做出興趣，就這麼做了半年。因為這個可以讓她暫時逃離現實的興趣，原本因為求職而疲憊的心神也變得比較清靜。但要說缺點的話，就是酒變得太好喝，所以她越喝越多，結果肚子長肉了。

看起來非常開朗的智慧竟有著如此意外的隱情，她有能把自己內心故事捏成圓滑柔軟模樣的能力，那些故事被塑形成讓對方吞下肚也不會哽住喉嚨的狀態。因為是為了撫慰自己才做的杯子，所以才會能對每個杯子付出真心誠意。就連不善喝酒的正珉也覺得，如果用那個杯子喝酒，應該會是非常厲害的味道。

「噗，姐，妳看基植哥，他偶爾，不對，是常常會這樣。」

智慧對正珉竊竊私語道，基植緊閉著眼，擦拭著坯體底部的釉料。他沒有睡著，是在裝睡嗎？但為什麼又突然開始演戲……？

「唉唷，基植哥，你是在坯體感覺到了什麼嗎？我不是說過好幾次了，這樣閉眼摸陶器看起來很油膩。」

「不是這樣的，智慧，妳也來感覺一下啊。」

基植刻意做得更誇張，更油膩地摸著坯體，從誇張的動作能看出他的調皮。

「嘔！這又不是《第六感生死戀》，還在新來的會員面前這麼丟臉……姐，妳可不能學這種東西喔！」

基植自稱是捉弄人的大師，又在智慧努力擦拭乾淨的坯體底部沾上釉料，看著這兩個人嘻笑打罵的樣子，正珉也忍不住笑了。

在曹熙事先預熱的窯感受到熱氣，雖然周遭的空氣以比外頭烈日更可怕的氣勢包圍正珉，但有種汗蒸幕小暖炕房的溫暖感。第一個放進柴窯的是正珉鬆散的碗，智慧和基植也陸續放入各自的坯體。

基植的陶器一看就充滿個性，超過一半都是花盆和花瓶，大部分都非典型，顯得非常有特色。花瓶從不對稱中展現的自然感極具魅力，看著看著就會想在裡面插滿莖很長的野花。感覺就是因為要插花才能平衡，才特地留下能插花的空間。另外也有用黑釉漆上幾何圖案的花盆，不懂美術的正珉覺得他的作品就像現代美術，雖然想對熟練地把幾個花瓶放進窯裡的基植送上幾聲讚嘆，但因為戒指事件，她就如同關上窯門的柴窯一樣，緊閉著嘴。

週末班的特權就是在結束課程和打掃後，大家可以聚在一起吃遲來的午餐。規則是不能叫外送，一般會分成兩組在附近餐廳外帶回來吃。今天的菜單是基植推薦的三明治，他說栗刺村有家非常好吃的三明治店，既然有新會員加入，就一定要品嘗看看。曹熙和智慧看起來是阻止不了他對三明治的愛，所以選了適合搭配三明治的飯捲和辣炒年糕作為另一道主食。

和基植一組的正珉在被熱氣烤到一定熟度的柏油路上尷尬走著，就算穿著那件大圍裙上課，褲子還是被濺了不少泥水。基植因為一直低頭踩著陶輪作業，不斷旋轉著手臂伸展他有點緊的肩膀。塊頭很大的基植製作小巧的花瓶，看起來就跟把身體縮成一團的白熊，擔心被其他人看到般偷偷翻著蜜罐沒兩樣，甚至還有那感覺沒有半點細心的大手。雖然他的外型看起來跟陶藝一點也不搭，但從冷靜的語氣和整體而言偏緩慢的行動來看，又挺適合的。

基植率先小心翼翼地向正珉搭話。

「我們以後每個禮拜都會見面了，妳可以自在一點說話沒關係。」

正珉想起智慧毫不遲疑地叫著基植哥，但她一想像自己叫別人「哥」的樣子，後頸一陣雞皮疙瘩。

「我沒有兄弟姐妹，所以要我對比我年長的人講半語，叫對方哥哥姐姐會很尷尬。所以我現在這樣反而更自在，雖然我也是都叫弟弟妹妹們隨意。」

基植原本可能更期待一個和藹可親的答案，結果這話堵得他找不到話回，眼珠子左右轉動，對其他人來說親近的第一步都是「講半語」這件事可能不適用於正珉吧。兩人之間又陷入沉默，基植搖搖晃晃走著，只有拖鞋拖地的聲音。

忍不住尷尬感，又開口的人是正珉。

「我要到什麼時候才能用陶輪呢？」

「通常是三到四個月吧，但成人應該會再早一點，我學了兩個月就開始了。不過既然妳是當作興趣而已，也不用太心急。我是因為有著要開工坊的目標，所以老師才幫我趕進度，一開始我甚至連不用上班的週末兩天都來工坊，所以老師還直接把鑰匙給我了，也因為這件事跟女友吵了不少架。」

一聽到「女友」這個詞，正珉的思緒再度中止。果然還是要先道歉，跟對方聊天才會更舒坦一些吧，於是正珉也慢下步行速度，說道：

「那個……戒指的事，我真的很抱歉，我想好好跟你道歉。」

「沒關係啦，打從一開始就是我自己把戒指放在圍裙口袋離開啊，所以妳真的不用太介意，沒關係的。」

基植看到沒有立刻回應的正珉就知道對方還陷在愧疚感之中，所以他再次強力地說沒關係，並急忙轉移話題。

「話說回來，妳是怎麼開始接觸陶藝的呢？」

正珉的嘴唇感覺像要說什麼話而抽動，基植靜靜等了一下。

這個塑窯工坊的會員們好像沒有把彼此的關係看得太過慎重，但似乎也不是什麼沒內涵、只重視表面的關係。對彼此而言都只是普通關係、可以不用太深刻的關係，感覺只要這樣就夠，也沒有什麼「私事只限於內心距離在一公尺內的熟人間」那種關係條件。對於締結關係總是倍感壓力的正珉而言，這種模模糊糊的關係反而更讓她滿意。正珉在某種程度上，好像已經被塑窯工坊同化了，她開始娓娓道來自己不做節目企劃，過著宅女生活的故事。

「我是一氣之下離職的。其實也沒有存很多錢，但就是沒辦法戰勝自己的情緒。我後來突然醒悟到，有氣無力才是最可怕的事。在情緒恢復平靜後回顧那段時間，就連我也沒辦法理解我自己。一有了力氣，就會變成不能再把過去的我關起來的狀態，現在的我正忙著收拾過去的我所幹的好事。在我打算善後而漫無目的跑出家門，偶然踏進的地方就是塑窯工坊，我一開始以為這裡是咖啡廳。我沒有任何厲害的契機，也不是計畫要培養什麼興趣，很無聊吧？」

「我覺得很帥耶，那些對某些事情特別費心的人看起來都很帥啊，我也很想快點把這家庭購物公司的奴隸生活清算掉……總之恭喜妳，從有氣無力中邁出第一步了。」

基植說的話充滿真心，可能跟他特有的緩慢語調也有關係吧。

「雖然要走的路還很長，但也有那種在這裡摸摸陶土，生活應該會變好吧的安逸想法。」

「我很滿意妳這個想法。」

「那你為什麼會在這邊學陶藝呢？聽說你也住在首爾，每個週末都要來日山應該很辛苦吧？」

首爾的每個社區應該都至少有一間陶藝工坊吧，但他為什麼非要選擇塑窯工坊呢？

「嗯……妳知道栗刺村為什麼叫栗刺村嗎？」

「因為有很多栗子樹嗎？」正珉想起當初介紹第四區公寓的房仲所說的話。

「一到秋天，大家就會開始撿掉在地上的栗子，但只會把果實拿走，把帶刺的外皮丟掉，因為這裡滿地都是被人丟棄的栗刺才因而得名。在我聽到這個故事之後就喜歡上這裡了，所以我才開始在塑窯工坊上課，有一種『必須是這裡』的感覺。」

雖然正珉還想問為什麼會開始學陶藝，但她沒有這麼做，畢竟每個人心中都可能有一些尖刺，就連她自己也還沒能把栗房裡滿是刺的內餡給任何人見過。

「啊……所以我才會搬來栗刺村吧！」

正珉藏起她亂糟糟的內心，一派輕鬆地笑著說。

兩人外帶了水蜜桃和青葡萄鑲嵌在鮮奶油裡、數量比實際人數更充足的三明治，基植搶先買單，正珉只能期待著下次。回到工坊，撲鼻而來的是辣炒年糕的甜辣味以及飯捲的麻油味。把打包回來的食物裝進盤子，正珉正準備要在空著的長形木桌擺放餐具，曹熙阻止了她，她說不會使用這張桌子。還沒熟悉這個共同體的規則和潛規則的正珉覺得非常難為情，發現正珉尷尬的基植在連餐桌都還沒開始布置前就轉移話題：「先猜拳決定等一下誰洗碗吧？」

不曉得基植是期待這個週六的水果三明治多久了，他幾乎沒有吃辣炒年糕，但吃了兩個三明治。在差不多吃飽後，基植說：

「正珉說她之前當過節目企劃。」

因為挑食早就停止進食的曹熙眼神突然一亮。

「天啊！這我不知道耶，所以妳文筆很好囉？」

智慧覺得曹熙的問題有點奇怪，搶先插嘴。

「這順序有點奇怪吧，是因為文筆好才會當上企劃啊！」

但他們期待的「文章」應該跟正珉實際寫過的「文章」不一樣……看來得先收拾這所有人目光都聚焦在自己身上的窘況，於是正珉開口道。

「節目企劃只會寫一些說明場景和場景間的短文而已，短的話四秒，長一點大概六十秒的空檔，都會請聲優來填滿。字幕或節目腳本都是這樣，跟一般出版發行的文章不太一樣，我也不是文筆特別好的那種。」

正珉一慌就和平常不一樣，句子變長了。聽到正珉的說明，曹熙也對她送出期待的眼神。

「其實我有事想請妳幫忙，雖然我自己講這話有點難為情，但我身為陶藝家的實力不錯，宣傳能力卻是零分。」

智慧小聲說，曹熙是個實力優秀到曾作為現代藝廊主力展出的陶藝家，她的父親也是有名的陶藝匠人。

「我們工坊的Instagram也開了好一段時間，但都沒人在看。聽我其他同學說有很多人是看了社群才去他們那邊上課……我們工坊的線上訂單跟線下客人幾乎趨近於零，什麼都沒有。照片看起來其實還不錯，那應該是文案不好的關係吧？」曹熙遞出手機問。

看了貼文，照片是真的很不錯，基植欣慰地說照片是他負責的，但缺了容易曝光的搜尋標籤和關鍵字，文案也像工坊名稱一樣過度直白：「堅硬且不退流行的設計，山白土大碗。」

「嗯……確實缺少有魅力的文字。」

「我不收妳燒窯費，妳要不要試試看呢？」

「我是節目企劃，不是撰稿人也不是行銷耶？」正珉搖搖手拒絕，而且也幾乎一整年都沒有寫作了。

「我不是想要那種很專業的，只是需要一些符合時下年輕人感性的文案而已。節目畢竟是對流行趨勢很敏銳的職業啊，我個人追求緩慢作業，所以上傳的貼文量也不會太多，一星期頂多一兩則而已，也只需要在妳來工坊的時候處理就好。」

基植和智慧也幫腔說正珉是最合適的人選，雖然只是上傳社群平台的簡短文案，但正珉覺得自己還沒能力跨過「書寫」這個障礙，她認為自己已沒有資格寫東西了，沒想到竟然會在這裡又遇上書寫。

正珉曾是個推出以一般人為主角的紀錄片製作團隊的副企劃，去年夏天，正珉邀請了世界知名、翻譯過很多部電影，被認為是成功象徵的翻譯師出演紀錄片，在拍攝和剪輯也都很順利，但在試映那天，組長和主要企劃的反應卻是不冷不熱，導演很焦躁地用手指不斷敲打著鍵盤。

進入影片中段，出現翻譯師突然開始哭泣，傾訴與母親相關故事的場面。「我永遠不想原諒拋棄我跟妹妹的母親……」正珉感到非常荒謬，身體也僵住了。翻譯師在拍攝結束後，打電話給正珉表示希望把跟家人有關的醜事剪掉，她明明就跟導演說過這件事情……

但除了正珉以外的所有人都高喊著「bravo」。

「就是這個！有長度了！」組長非常欣慰地重播影片，反覆觀看主角落淚的時刻。

「一下就把前面的冗長洗掉了，我本來還在想要怎麼救這集，李導演、劉企劃，原來你們還準備了會心一擊啊？」身為主企劃的具企劃鬆了口氣，拍拍正珉的背。

「要引導人類紀實片的走向真是辛苦，我前面還自己先哭了呢，先說謊前年我爸過世，我沒能替他送終，後來那個人才總算講出自己的故事。」想被稱讚的導演興奮地說出實情，那個模樣看起來就跟討拍小狗一樣，只差沒搖尾巴而已。

正珉確認拍攝內容時還以為那一段是要被丟棄的段落，因為這段也是在毫無壓力的休息時間所進行的對話，但卻巧妙剪輯成出演者的訪問。

「哇，李導演，你這是演技大賞了吧？一些觸動人性的部分就是要從中間進場才不會無聊，這樣一下子就能集中注意力了。」組長讚嘆道。

「這很有趣嗎？」正珉的一句話瞬間澆熄現場氣氛。「人家都哭了，這還叫有趣嗎？導演，我明明就有說過出演者要求把家族那段刪掉吧！」

「劉企劃，妳明知節目是怎麼運作的，幹嘛突然這樣？」導演皺起眉頭。

「她又不是藝人，只是個一般人，總是得篩掉部分的私事才有禮貌吧？」

正珉也不服輸地繼續說。

「這樣就不有趣了啊，不有趣！所以這些東西都要刪嗎？那妳要怎麼填滿片長？就已經因為這個人的人生太無聊很操心了……不對，打從一開始，問題就出在找這種人來拍片的劉企劃妳身上啊！已經幹了多少年，總要知道哪類人才適合上節目吧！」

導演怒瞪著大眼，此時，組長丟出原本夾在指尖的筆，隨著筆落地的聲音響起，所有人也閉上嘴。

「等等，所以這段是沒有取得同意的內容是吧……」

「組長，這整段都要刪掉，不能放進去。」

正珉急忙翻找預覽筆記，試圖尋找能取代這段的訪問內容，但具企劃卻阻止了她，整個團隊裡沒有半個人站在她那邊。

「但劉企劃也喜歡這種家庭議題不是嗎?克服離婚、酒後暴力、意外、貧窮等逆境獲得成功的故事，很適合作戲劇性編排，能寫進稿子的刺激性文字也很多不是嗎？」

組長用低沉又不經意的聲音說道，這比起無知地拉高嗓門、大吼大叫的導演更具威脅性。在悚然的氣氛下，正珉半句話也說不出，只得點頭。

在節目播出後，正珉非常坐立難安。平時在節目播出後，正珉都會聯繫出演者表示感激，但這次她卻沒臉先聯絡對方。直到節目播出幾天後，她才終於鼓起勇氣打電話，感覺快斷掉又沒斷的回鈴音響了一陣後，雖然對方接起來了，卻沒有說半句話。

「您、您好！節目……看得還滿意嗎？」正珉顫抖著聲音詢問。

「是，企劃和導演都辛苦了。」

「那個家庭故事的部分……我會試著讓那段不要重播的，也會努力讓那段不要上傳到官網……」

「大家都看到了，畢竟是個很有影響力的節目嘛。我的家人、朋友、父母的朋友，還有我女兒也都看了。」翻譯師淡然的語氣更讓人感到背脊發涼。

「對不起，真的很抱歉。」

「你們用那些雲淡風輕的言語包裝了我的人生，很容易吧。」

正珉雖然是在講電話，但還是不斷對空低下頭又抬起來。雖然她很想把錯推到導演身上，但她做不到，因為在導演拼接起來的影片，乖乖寫下旁白原稿的人還是她自己。沒有得到任何原諒的一通電話，好像也讓正珉心中有什麼東西斷掉了。

那起事件後，正珉開始機械性寫下組長和導演，以及觀眾想聽的故事。她不再感到氣憤，也不再心頭發悶，只是變得有氣無力而已。有氣無力就像會巧妙蠶食宿主的寄生蟲一樣緊黏在正珉背上，就連心臟跳動也覺得是某種痛症，每天都過著只剩軀殼的人生。

就在夏天尾聲，她開始讀不了任何文字了，第一次發現症狀是在公司裡，正當她一如既往地閱讀預覽筆記時，某些文句和詞彙卻一直重複出現……起初她還以為是NG，導演才拍了好幾次，但正珉從一個小時前就一直沒進入下一頁，不對，應該說是無法進入下一頁。只要文字進入她的視線內，就會發出叮噹聲彈開，單字散成一些音節，消失在半空中，所以正珉讀不了任何拍攝狀況，當然也無法理解這一切。

雖然她一直找理由跟自己說，應該只是她狀態不佳而已，於是她一到家就拿出一本書攤開，那本已經讀到膩的阿摩斯．奧茲《我的米海爾》，已經是她能搶先念出下一句是什麼內容的作品，是她從大學時期就最喜歡的小說。但現在的她卻什麼都讀不了，一邊說著「在講什麼？」，一邊將相同的句子看了又看，但她在字裡行間還是找不出任何意義。讀超過五句以上，就會變得像是大半夜裡找不到半個陰影處，在晨曦下無力融化的雪人一樣，內容在她腦中消失。正珉跟不上故事速度，不管她怎麼在公車站牌焦急揮手，那輛名為故事的公車也撇下她離開了。

正珉在精神科獲得「安靜的成人ＡＤＨＤ[5]」和「閱讀障礙」的判定。對企劃而言，閱讀障礙就像死刑宣告。把一個人的人生和真心廉價出賣甚至訕笑的人都過得好好的，為什麼只有她受這種懲罰？這點也讓正珉非常委屈。

雖然有接受治療，但專注力下滑到別說是閱讀了，就連美術館的作品也無法欣賞。只要面對文字就會非常痛苦的正珉甚至想放棄寫作，一出現「這搞不好是被允許可以不繼續寫作」的念頭，她的心情反而變得平靜，閱讀障礙也成了她辭職的最好藉口。

正珉握著曹熙手機的手不斷出汗，她深呼吸一口氣，不斷在內心跟自己說沒事，然後快速敲打鍵盤。

『如同大自然所創造的紋路，沒有所謂耍帥。用擁有獨一無二紋路的山白土大陶碗，替食物增添風味吧。』

「這邊可以再加一小段山白土相關的簡短說明。」

正珉遞出手機，把修改過的文案給對方看。

緩緩閱讀文案的曹熙露出法令紋都要裂開的燦笑說：

「以後就拜託妳了，正珉。」

他們正在窯洞口迎接陶土變成碗盤的瞬間，沒有半個人對今天是週末這件事提出疑問。

5. 注意力不足過動症。

反正是會遇到的人

為了確認烤好的陶器，正珉在平日晚上來到工坊，這時間的人很多，場內正在進行以身障人士為授課對象的陶瓷工藝體驗課，工坊的人越多，曹熙看起來也更有活力，她天生適合跟人打成一片，聚在一起。曹熙說課程快結束了，要正珉再等一下，於是她尷尬地站在邊邊等待，平常自己坐的位子已經沒了椅子，而是一位坐在輪椅上的中年男子在那裡。

在課程途中，猶如救世主一般登場的智慧和某個男人進門，男人的爽朗問候也瞬間改變了工坊氛圍。

「看來大家上課都上得很開心呢！我下班順便繞過來看一下。」

智慧開心地揮揮手走近。

「姐，妳也是今天來拿陶器啊？」

「對啊，沒想到還有團體課。」

「這是從以前就跟地區福利團體和終身教育院合作的活動，所以每週二晚上六點和週六晚上是我們工坊最吵的時段。雖然吵也跟人多有關，但最主要還是那個孝錫的關係，他一個人負責講十個人的話。」

智慧急忙擋住正珉不自覺飄向那個已經在桌邊七嘴八舌的男人的眼神，但似乎已經被男人的雷達網捕獲，對方大步靠近。

「是新進會員對吧？我是負責這堂課的社工師李孝錫，因為要拍寫報告用的上課照片，也很好奇課堂氣氛，所以我下班都會來這邊看看。」

看著油嘴滑舌地說著「有聽智慧說過」的孝錫，智慧送出一個「他又來了」的眼神，然後搖搖頭。智慧和孝錫國中就認識了，是住在同個社區的朋友，兩人的關係看起來應該是只要孝錫調皮，智慧就會懲罰他。

孝錫從後面房間拿出摺疊椅，讓正珉坐下後，自己也坐在旁邊。

「姐姐，我們以後應該會常常見面，還請多多指教了！」

「……」

才第一次見面就這麼裝熟喊姐姐？正珉手足無措不知該如何反應，智慧硬是擠進兩人中間的空位坐下。

「反正這人吼……姐，妳可以無視他。」

多虧了智慧幫忙解圍，正珉才能安然地等到課程結束。

課程結束後，監護人開始陸續上門。人群離開後的桌上只剩下陶器，包含原本會尖叫的肢體障礙學生、腦病變的小老人，或是缺了手指或四肢等無法辨別年紀的人們，這些會員的作品清一色都很自由奔放，有中間鑿穿一個洞，也有撕開的，曹熙說不需要補土或多做任何修繕加工。正珉看著像蜂巢一樣滿是孔洞的陶器好久好久，那是坐在她平常座位的輪椅中年男子的作品，這個器物會不會代表著作者看到的世界，或是這個世界看待他的方式呢……

「小姐，我還沒完全做好……」

跟其他與監護人先行離開的人們打過招呼後，坐輪椅的男人回到位子上，一臉為難地說。

「啊，對不起，在這裡。」

正珉尷尬地笑了笑，再次把器物放回男人面前。她好像在哪裡見過這個男人，熟悉的面孔讓她疑惑地歪著頭。

從窯裡出來的陶器們好像不曾進過一千兩百五十度高溫似的，正在冷卻中，在那之中有個特別凹凸不平的醜陶器。糟糕的人就算傾注一切心力去做，成品也還是糟糕透頂嗎？如果是這樣，那這果然也是正珉看待世界的方式吧。

「撇除設計或審美的美醜及細膩度不談，第一次製作的陶器光是沒有裂開就是非常優秀的成果了。」

「如果是這樣那就太好了。」聽到曹熙的安慰，正珉的失望感就像放進水裡的棉花糖一樣消散。

「大家常覺得陶器跟玻璃很像而畏怯，但其實陶器是可以放進微波爐跟烤箱的。所以妳也不要只把它當成裝小菜的碟子，也試著下廚吧，妳實在太纖弱了，需要好好吃飯補補身體。」曹熙像在勸女兒一樣地說。

「這放進烤箱感覺會裂掉耶？」

「我常拿陶器來做千層麵，星期天早上也偶爾會用它來烤磅蛋糕，這可是撐過一千兩百五十度高溫才誕生的陶器耶，妳就信我一次吧。」

「那我今天回家路上要去買菜，突然間想好好吃飯了。」

「是吧？我一眼就看出來了，妳是個需要陶器的人。」曹熙欣慰地說。

正珉在陶器表面包了一層防撞塑膠布，再用報紙仔細打包，包裝的手法下有著令人心情好的悸動，這兩週以來的時間與努力都沒有逃向他處，感覺全然保存在這個碗裡了。

稍晚，身穿襯衫和黑長褲的短髮女人推開工坊的門進來。

「不好意思，我今天是不是又遲到了？」

那是個讓原本還因為人生首個陶器而興奮的正珉，瞬間冷靜下來的熟悉聲音。但不只聲音熟悉而已，那個總是比正珉矮一截的孩子，跟十年前的臉孔、聲音及體型無異，唯一改變的就只有剪短的頭髮。

正在擦桌子的孝錫抬起頭，開心迎接對方。

「珠蘭姐，今天比較晚下班啊？反正伯父也還在製作中，還沒完成。」

珠蘭跑向坐輪椅的男人，配合對方視線高度蹲下。

「爸，你今天做了什麼？」

缺了半條左小腿而空了一段的褲子，正珉怎會沒認出珠蘭的爸爸圭元呢？她看著溫馨的父女，內心一沉。在毫無關聯的日山小村子裡，遇到最不想遇到的人的機率是多少呢？正珉的心情猶如走在路上，突然被從建築物窗邊掉落的花盆砸到頭那樣。

珠蘭抬起頭看著正珉，與閃避眼神的正珉不同，對方毫不慌張，眼睛笑成一對彎月，走近她並抓起她的手。

「正珉！好久不見了！妳也來工坊上課嗎？還是跟孝錫一起工作？我爸每個禮拜都會來這裡上課耶。」

珠蘭和孝錫是大學前後輩的關係，孝錫知道珠蘭爸爸的事，所以才推薦這堂身障人士工藝課。珠蘭滔滔不絕說著也沒人問起的話，好像什麼事都沒發生過一樣，表現得就像回到事件發生之前。正珉心想著難道珠蘭都不討厭她嗎？還是她真的這麼沒心眼？她認為對方肯定是要刺激自己的罪惡感才會如此刻意地行動，不然看到自己不可能這麼開心，當時那件沾了血的白襯衫，在正珉眼中依然清晰。

正珉和珠蘭雖然來自同個小學，但並不是特別熟識，只是頂多有意識到彼此存在的同年級學生而已。就連用身高順序安排的座號，珠蘭也總是在最前面，正珉則是在最後面。正珉後來就讀社區女中，珠蘭到了市區的男女混校就讀，在忘記彼此存在一段時間後，正珉也進入市區混校高中部就讀，兩人的軌道才總算碰在一塊。好久不見的珠蘭依然嬌小，但看起來十分成熟，或許是因為她從國中開始就讀男女混校，對於談戀愛這件事也很熟悉了吧？正珉和珠蘭之所以會變熟也是因為男人的關係，總是跟五六個男孩子玩在一起的珠蘭，主動接近總是一個人行動的正珉。

「東振說他喜歡妳。」

「所以呢？」

「什麼所以？妳要跟他交往嗎？」

「我沒興趣。」

「妳知道大家都叫妳天然紀念物、稀有品種嗎？我看妳應該從沒交過男朋友吧？真搞不懂妳生活到底有什麼樂趣耶？」

珠蘭沒有排斥這樣的正珉，反而覺得她很有趣，珠蘭說要幫助正珉從一個人躲著的暗黑洞穴裡出來。一開始，正珉對於珠蘭一副自己是救世主，講話還特別耍帥的態度不太滿意。但正珉爸爸是計程車「司機」，珠蘭爸爸是貨運「司機」，以及她們倆都是沒有手足的獨生女，單憑這兩個共通點就讓她們倆快速變熟，熬夜暢聊個幾天幾夜也不夠的程度。

但在下著大雪的某個冬天凌晨，讓這段時間以來她們能聊的那些天南地北，都像一口白霧寒氣消失在半空中。一場加害人和被害人非常明確的交通意外發生，在什麼都不曉得的正珉牽著媽媽的手，踏入警局時，看到珠蘭嬌小的身軀正在不斷發抖並且嗚咽著。正珉什麼話都問不出口，但她從珠蘭看著自己爸爸的眼神就明白了一切。

正珉的爸爸本來就是那種人，只要喝酒就會毆打正珉和媽媽的人。只要稍微閉上眼睛再睜開，拳打腳踢就會結束。爸爸睡死醒來之後又會出去喝酒的日常，每天反覆上演。因為他又特別在意他人眼光，只對家人拳腳相向，但這次卻害了別人，雖然正珉很想相信這是誤傷，但這完全是一場沒有任何懷疑可能的蓄意事故。

在珠蘭開始常到正珉媽媽允在經營的豬腳店時，正珉就應該要阻止朋友的。珠蘭週末常會跟叔叔來吃晚餐，後來在平日深夜，叔叔下班後也曾為了填飽肚子，自己來過幾次。媽媽為了阻止堅持自己收拾桌面的叔叔，有過些許肢體接觸。他們倆其實也只是會談論子女相關話題的普通關係，但這在疑妻症特別嚴重的正珉爸爸眼中，兩人之間看起來就像有股微妙的氣氛，結果喝了酒的他，就朝著貨車踩下油門。

正珉雖然抓著爸爸沾滿血的襯衫一角哭喊著，但爸爸卻甩開了她。他瞳孔的光芒十分明確，雖然喝了酒，但他的意識非常清楚，這不是一場酒後的偶發意外，而是經過完美設計的事故。正珉心想，如果世上真有惡魔存在，肯定就是這張臉孔。

幸好珠蘭沒有受太大的傷，但珠蘭的爸爸圭元因此失去了左腿，當然也因此失去了工作。在這起事件後，正珉和珠蘭的關係就像玻璃碎片一樣粉碎，正珉僅憑著她跟生父是家人的原因就對珠蘭抱持有罪惡感。學校裡的其他同學也對正珉指指點點，酒鬼的女兒、殺人未遂者的女兒，孩子們見獵心喜又若無其事地膨脹並散播正珉的故事，好不容易才結束了家裡顯而易見的暴力，一到學校，又開始那些沒有實體的暴力。正珉必須回到遇到珠蘭之前的位置，獨自度過剩餘的學校時光，但這次並不是她自願回到洞穴裡的。

珠蘭推著輪椅來到正珉面前。

「那妳應該也跟我爸打過招呼了吧？爸你也真是的，有這種事情應該先跟我說啊，這樣我下班路肯定會開心一點的。」

開心嗎？我們就算重逢也還能是會開心的關係嗎？正珉一臉不以為然。

「沒有啦，正珉跟我應該都沒認出彼此，妳也長得好大了啊。」

圭元看起來也覺得不以為然，但他還是先送上溫柔問候，正珉依然說不出半句話。要是那天凌晨沒有下雪，要是爸爸沒有喝酒，要是沒在警察局遇到，她們的關係會變得比較不一樣嗎？不，打從一開始她們就不能變得要好，正珉再次看向珠蘭，自己得出這個結論。

很會察言觀色的孝錫一下看穿正珉無法收拾的表情，硬是插進兩人之間。

「兩位本來就認識嗎？哇，還真巧耶。今天課比較久，伯父應該也很累了吧，珠蘭姐下班過來應該也累了吧？」

然後孝錫捲起襯衫袖子，大聲說。

「大家，工坊也差不多要打烊了，我跟智慧會協助大家整理，大家動作加快喔！」

珠蘭緊閉著嘴，試圖修復扭曲的嘴角，走出工坊，看來正珉還是想躲避她，躲進洞穴裡啊。

智慧和孝錫邀請正珉一起去市區大賣場買菜，因為孝錫開車，還能幫忙正珉把採買的東西送回家。正珉把今天剛出爐的陶碗，愛惜地放進曹熙給的購物袋，走出工坊。智慧沒坐副駕，反而坐在正珉所在的後座。

「妳當我計程車司機嗎？」孝錫癟嘴道。

「李司機，出發！」智慧悠然回應。

還沒有很熟的人跟今天第一次見的人，要跟這兩個人一起買菜的風景實在太過陌生，正珉忍不住一直吞嚥口水。最令她不自在的並不是這些還不熟的人，而是即便處在這兩個人之間，也不覺得尷尬的自己。

智慧可能早早就發現正珉的低氣壓，一路上沒有停止說話，大部分都在講最近流行的電視綜藝節目和戲劇，反正家裡沒有電視的正珉也聽不懂，所以也沒太認真聽。但途中如果智慧拍打著手臂大笑時，正珉也會跟著微笑，智慧特有的柔軟能讓周遭人變得柔和，看起來不單只是因為她年紀比正珉小而已。正珉喜歡那種被她牽著鼻子走的感覺，就算是她破綻百出的幽默，正珉也想要捧她的場。多虧了智慧，遇到珠蘭而變得沉重的心情也平復許多。

智慧的大方似乎跟她和家人同住無關，就算是早餐吃的貝果、辣泡麵，或是煮湯用的豬肉等，她都很豪爽地拿了大容量包裝就往推車放。相反地，正珉沒推車，只拿了一個購物籃，就連購物籃也裝不滿一半的她還是很享受著苦惱要買什麼東西裝在自己做的碗盤裡的過程。

「我還在考慮，畢竟我也沒在下廚，也不知道該買什麼才好。老實說也不太會煮，所以一般都滿難吃的。」

「用那個盤子裝咖哩如何？在白米飯淋上滿是鮪魚、紅蘿蔔、馬鈴薯和綠花椰菜的咖哩，哇，我光想就肚子餓了。」

「咖哩感覺不錯。」

在正珉拿起她以前常常吃的「三分鐘咖哩」時，智慧急忙阻止她，這是到目前為止她看過的智慧動作中，最迅速的一次。

「姐，咖哩就該買咖哩塊啊！」

「不管是粉或塊，不都一樣是即食食品嗎？」

「不一樣啦，真的！咖哩塊煮滾的時候味道更深層，妳都沒吃過咖哩塊嗎？」

「嗯，因為三分鐘咖哩最簡便嘛……看來妳對料理很有興趣呢？」

「與其說對料理很有興趣，應該是對吃比較有興趣。我用喝酒紓壓，總不能沒有下酒菜吧？好好挑選漂亮的碗盤，裝進各式各樣的食物，到後來也自己下廚，所以才漸漸開始品嘗美食。這也才知道，吃到用滿滿誠意做成的食物，就是最能愛自己、照顧自己的明確方法，畢竟一吃下肚就會立刻暖胃，全身血液也都暢通了嘛。」

智慧把咖哩塊放進正珉的購物籃，接著說：

「所以妳也試著付出和咖哩塊差不多的用心，好好吃一頓飯吧。」

正珉跟她約定會這麼做。

不知不覺，正珉和孝錫被忙著買菜的智慧甩在後頭。

「姐，妳跟珠蘭姐是怎麼認識的啊？」

「嗯……就像你跟智慧差不多，該說是老朋友嗎……」

孝錫不可能不知道，老朋友在睽違許久，而且是在偶然狀況下遇見時，是不會露出這種表情的。

「孝錫，姐，那條結帳線最短，去那邊排隊！」

在推車裡裝滿東西回來的智慧，左手抓著正珉，右手抓著孝錫往前走，智慧厚實的手就跟看起來一樣溫暖。

一開始誇下海口好像要大採購，結果最後只買了一個塑膠袋的量，也讓正珉內心對特地帶自己來買菜的孝錫感到抱歉，但是她今天莫名地想避免一個人獨處。其實就算她說不用帶她來，智慧肯定也會逼她坐在自己鄰座。孝錫和智慧住在同個社區，為了讓正珉先下車，孝錫的車開進栗刺村公寓區。正珉下車時也謝謝孝錫送她回來，智慧則是隔著車窗搖搖手說以後會好好做頓飯給她吃，然後載著兩人的車很快就消失了。

咖哩塊、鮪魚罐頭、馬鈴薯、紅蘿蔔、洋蔥、綠花椰菜……咖哩只要一個鍋子就能煮好，算很簡便，雖然飯是微波白飯，但也簡樸地完成像樣的一餐。咖哩塊的味道跟正珉原本所知的咖哩味不同，跟很容易在水中結塊的咖哩粉不同，原本就成塊的咖哩慢慢融化的味道更加濃郁，後段還能吃到油的香氣。多虧於此，今天一整天卡在喉頭，如核桃大縮成一團的話語也滑順地溜入胃中。切成大塊的紅蘿蔔和馬鈴薯在嘴裡也隨著咀嚼散發出隱約甜味，正珉越吃越有食慾，好像能懂智慧為什麼推薦咖哩了。

在智慧堅持必須吃當季水果的推薦下，正珉還買了平常根本也不吃的水蜜桃，她抱持著甘願讓超市店員欺騙這是今年夏天最後一批水蜜桃，所以會是最甜的心態，買了一籃。因為沒有盤子裝水蜜桃，吃完咖哩就立刻洗了盤子。用生疏刀工把水蜜桃切得亂七八糟，盤子凹凸不平，水蜜桃也坑坑巴巴，真是相配。

拿著水蜜桃，坐在喜歡的原木椅上，正珉微微打開拱門窗，把水蜜桃放進口中，好甜，甚至是會讓嘴巴發疼的程度。也不曉得是因為廚房裡多一個盤子就會把人變成這樣，還是今年夏天自己身上正在發生什麼改變，正珉沒辦法用言語說明，她也不再繼續把「變化」這個詞放在嘴上說，而是決定接受它。她用眼睛追逐著在窗外糊成一團的螢光色下方奔走的人們，品味著水蜜桃並填飽肚子。原來要照顧自己並不是一件需要太多努力的事，光是好好吃一頓飯就足以感受到好好保護著自己的感覺。

雖然她曾是個抱持著「音樂跟噪音沒兩樣」這種傲慢想法的人，但今天還是久違地打開音響，聽起回憶中的西洋老歌。這可能跟第一次摸到陶土那天，工坊廣播裡傳來的是同一首歌吧，內心充滿著某種高昂的感覺，不需要過度激昂或暴跌的攪動，光是這種小小的反作用力就能讓人輕易感到開心或悲傷。那麼現在的自己更靠近哪裡呢？雖然她很想說更接近開心，但卻老是想起珠蘭的笑容和珠蘭爸爸空蕩蕩的左腿褲管。正珉縮起膝蓋，把臉埋進雙膝間閉上眼睛，有些她無法承受的事太迅速地襲來了。

這個家的租約還有一年左右的時間，正珉打算在離開之前，要更常坐在這裡看看窗外。秋天正在兩步之外徘徊。在塑窯工坊一邊燒陶一邊找回時間，看著會員們的衣著變化找回季節。對於終於能追上時間與季節的正珉而言，這個速度是最合適的，繼續維持在這個步幅就好。

遲來的雨季和貓

正珉的廚房裡有三個碗盤了，其中一個背面有裂痕，還有兩個烤著烤著就破掉而廢棄的碗，第一個盤子沒破真的是新手運。正珉喜歡自己還是初學者，每天都能感受到自己捏陶的感受更加敏銳，也正在跟陶土變熟，這肯定是老手所感受不到的某種快樂。

與這種鬆軟的心情不同，外頭正迎來九月遲來的梅雨季和颱風，撐不撐傘差異不大。穿著雨鞋前往工坊的短暫路程中，正珉的牛津襯衫留下了雨水的作畫。基植和智慧，以及為了遠離父母嘮叨的準，大家的T恤都很斑駁的模樣也讓正珉會心一笑。一天中的第一個笑容很重要，因為第一個笑容會決定今天會出現的數十個笑聲。

準的陶輪聲讓週末的工坊甦醒，還沒辦法使用陶輪的正珉今天也接受曹熙的一對一教學。今天是正珉要試著自己設計的日子，截至目前為止，正珉都只做模仿工坊所陳列的碗盤，或是練習用的基本設計碗盤，現在要進入下個階段了。她兩天前就開始在曹熙提供的 Pinterest APP 尋找陶器設計的靈感，並把幾個比較滿意的樣式儲存起來。

「這個太難了，跳過。」

「這個必須用陶輪才能做，這靠土條盤築或手捏是沒辦法的。」

「這個完全不實用，該說是在美術館陳列的現代造型品嗎？我們畢竟不是現代美術藝術家，不要這麼用力會好一點。」

曹熙非常直接地連打好幾槍，正珉雖然沒有把「我就知道」說出口，但內心還是感到挫折，最後只能選擇看起來相對單純的咖啡壺照片。但就連這款對正珉而言也是高難度，所以沒辦法完全模仿，曹熙說要減少設計，但正珉完全無法理解這話是什麼意思。

「把設計減少嗎？」

「妳試一次就會懂的。」

雖然正珉很想快點開始捏土了，但給到她手上的東西是鉛筆和白紙。曹熙一邊說自己設計會更珍藏及愛惜碗盤，一邊拍拍她的肩，笑著倒退幾步消失。

正珉感到茫然，開始看著外頭發呆。正在踩著陶輪的人們面前都有一杯正在冒煙的咖啡，直到上週大家都還在喝冰咖啡，突然都變成溫暖的飲料了，因為這一週都在下雨，溫度也急速下降。不喝咖啡的準的杯子裡則是放了薄荷茶包的茶。

準今天沒有戴耳機，不曉得是不是因為想聽雨聲。他的碗會是什麼樣子呢？正珉視線看向擺著掛他名牌的層架，非常吃驚。除了看起來立刻就能擺出來賣的高級茶壺，也跟其他會員的作品不同，有很多大尺寸的容器，甕的高度及膝，也很寬。這孩子是不是天才啊？就連寡言的特質都讓人感覺他是個隱藏自身才能，潛入工坊的秘密天才氣場。

「準，我可以參考一下你的素描本嗎？我第一次設計……」

正珉的眼神閃閃發亮，詢問拿著素描本回到桌邊的準。

「沒差。」

就連隨手塗鴉也像出自專家之手，這種東西是不是叫素描啊？但既然準的父母是知名設計師，那他應該是遺傳到這方面的天分吧？不管是圖畫的細節或表現力，都能讓人感受到非常正統。

「這東西是怎麼畫的啊？真厲害……」

「只是隨手畫的啦。」

「這麼帥耶？你看我的這麼無聊。」

「妳的器物更好，我只是聽從父母指示去做而已，統統都一樣無聊。」

「但如果繼續做自己擅長的事，不會自然而然產生樂趣嗎？」

正珉想起自己也有想做的事，卻因為才能有限而受挫的二十幾歲出頭。擅長的事跟喜歡的事能配得上的狀況只會發生在少數人身上，做不到的人還想貪求這點就跟賭博無異。比起去做雖然喜歡但不擅長的事，讓自己喜歡上擅長做的事反而更簡單也有效率，這樣下去要是真的喜歡上了自己擅長的事，是不是就會變得幸福呢？

「也不見得有辦法喜歡上所有擅長的事情。」

準泠淡地說，但也瞄了一眼正珉的塗鴉，雖然跟著畫了照片中的茶壺，但還是差強人意。在陶藝過程中，為了防止在坯體乾燥過程或燒窯時裂掉，通常會盡量做出兩個像雙胞胎，一模一樣的器物，但正珉卻只大概抓了二十公分和十八公分的高度而已。

「把高度降低一點吧，大概十七和十五公分左右。現在整體比例都不對，這個入口也太窄了吧？要再加寬一公分。像這樣沒有多想就在把手部分加技巧，應該連兩根手指都進不去吧？漂亮是其次，應該要先考慮到握感。還有那個，茶壺本身胖胖的，但如果把手這麼細看起來很讓人不安，實際上也可能很容易碎掉。」

準拿鉛筆在紙上標示公分數，幫忙做了全面修改，「原來這就是減少設計啊，拋開野心，更著重於實用性，但也不破壞造型本身的穩定度和美感，這就是天生藝術家的感覺嗎？」正珉在心中讚嘆著。

此時，幫忙看完基植設計後，過來正珉和準這桌的曹熙說。

「都說要自己設計了！找準幫忙可是犯規喔，正珉？」

正珉露出微微笑眼。

「老師，這次可以睜一隻眼閉一隻眼嗎？我起初是真的只想借準的素描本找靈感而已。」

準聳聳肩，再次回到陶輪前。曹熙說只會放水這一次，看到正珉的咖啡壺也稱讚了一句「很優秀」。現在要準備水盆、水、海綿和陶土了，因為基植陶輪上的陶土已是最後一批，所以正珉走向後門，準備拿取昨晚新送來的陶土。

喵喵，是貓咪的叫聲。一身黑色斑點的綠眼貓咪和正珉對到眼。貓咪前腳穿著黑襪，後腳穿著白襪，毛看起來很乾淨也有光澤，應該在這附近被照顧得不錯。

栗刺村裡有流浪者，就是這些高冷的貓咪。有些地方的一樓商家是空的，公寓也有地下停車場，是非常適合貓咪居住的地方。重點是村子正中央有個小公園，很多爺爺奶奶會在晴朗的午後，三五成群出來坐著曬太陽餵貓，想必在貓的世界中，栗刺村的溫暖人情味應該也是聲名遠播，這隻貓也是聽說了這個消息入住栗刺村，還來到了這個工坊。黑色斑點貓咪看著正珉一直叫，就算正珉靠近也沒有逃走，重複著她退一步，貓咪就前進一步的過程。

「浩亞」，近看才發現牠脖子有個小名牌，是迷路的家貓嗎？正珉想摸摸牠的頭，結果浩亞突然叫得兇狠，還咬了正珉的手背，正珉嚇得往後倒。

「突然跟浩亞裝熟的話，牠會不開心。」

某處突然傳來一個女聲，女孩為了讓比正珉更驚嚇的浩亞安心，摸著浩亞的後背。她有著大眼睛、黑皮膚，以及修長身高的影子，是個讓人印象深刻的孩子。她一把抱起浩亞，神采奕奕走進工坊。正珉感覺到自己的雙頰發熱，她失魂落魄了好一陣子，才遲來地回過神來，起身跟著小女孩走。

浩亞是工坊會幫忙餵食的流浪貓，雖然工坊本來也想收編，但因為內部有很多層架，也有很多陶器擺設，要是貓咪把這裡當成貓跳台跑來跑去，可能會打破陶器，對浩亞也很危險。曹熙認為工坊本身對貓咪而言並不是一個好環境，但也還是表露出她實在很想把浩亞帶回來養的遺憾。

一開始把浩亞帶來工坊的人是跟韓率同齡的朋友藝莉。藝莉雖然一直碎念著她們並不是朋友，但就像浩亞其實是半浪浪、半家貓一樣，藝莉也只是一半的工坊會員。只有自己開心的時候才會跟浩亞一起來工坊做陶器或玩土，主要都在週末出沒，說是因為平日有些跟韓率一樣又吵又沒禮貌，只盯著鏡子看的笨小孩在，所以她才不想來，但她自己明明也還是個小學生。正珉覺得藝莉在裝成熟，雖然她還算是喜歡小孩的，但她對於這種假裝自己是小大人的孩子可不是特別有好感。

但幸好浩亞並不是真的會咬人的貓咪，只是因為被嚇到才稍微咬一口，想表示「不要靠近我」的意思而已。但因為剛剛的事情，正珉跟浩亞之間有股莫名的尷尬，而且藝莉還在正珉對面坐下，看她一邊玩土還一邊偷瞄正珉的眼神，看來她對正珉也不是特別有好感。

浩亞不懂曹熙的膽戰心驚，在工坊裡繞來繞去，用充滿好奇心的眼神探索四周。每當浩亞想要跳上層板，會衝上前堅決阻止並大喊「不行！」的人不是藝莉，而是曹熙。

「老師，浩亞因為下雨沒地方去，可以讓牠暫時待在工坊嗎？」

藝莉露出跟穿雨鞋的小貓相同的表情詢問曹熙。

「我也想啊……但如果浩亞晚上自己在這裡打破陶器，受傷了該怎麼辦？太危險了，而且雖然目前在場的人都還算喜歡貓咪，但其他會員之中應該也有會怕貓的人，也有些像基植這樣會過敏的人。」

曹熙用眼神指著那個從剛剛就在抓手臂的基植，藝莉看起來相當不開心，雖然大家都很清楚她有多喜歡浩亞，但現在也真的別無他法了，正珉很想安慰她。

「浩亞應該也有家人或手足吧？這一帶的貓咪在梅雨季好像都待在地下停車場的樣子。」

「浩亞沒有爸媽，牠們在路上被車撞死了，而且身體又小又弱，所以也被手足們拋棄了。要是去地下停車場那種很多貓的地方，浩亞應該活不了吧，妳又不懂……」

原本有禮貌的小貓咪表情已經消失，藝莉瞥了正珉一眼，用尖銳的語氣回答，還送上一點嗤之以鼻。

「是嗎……？我不曉得……抱歉。」

正珉愧疚得不知如何是好，她對於在路上被車撞死這幾個關鍵字特別敏感。

高三的尾聲，繳交大學志願表、等待放榜時，正珉曾在路上看過被車撞死的黑鳥，被擠得超級扁，內臟破裂，皮肉四散，還已經開始腐爛了。生命好像在前一晚冰冷的道路上，非常輕易地蒸發了。看到這一幕的正珉想著：「如果看到三隻死掉的動物，應該能上大學吧？」但她自己也不太清楚是什麼邏輯與緣由，才會讓她有這種想法，是因為相信如果看到悽慘死去的動物而皺著一張臉可以消災解厄嗎？很神奇的是，那個禮拜她又再一次看到在路上被車撞死的灰鳥。於是正珉的迷信更加堅定，就剩一隻了。放榜的前四天，正珉剛好看到一隻被車撞死的灰貓，那是她也認識、很親人的社區浪浪。相較於其他橫死街頭的動物，牠的形體十分完整，比起那些內臟破裂與骨頭扭曲的動物，以一副好像立刻就會起來行動的姿態躺在路上的貓咪，看起來更加毛骨悚然。

但也很神奇的是，正珉是第一個上大學的人，然後她後來才知道，那隻灰貓不是被車撞死，而是被一個醉漢踩了好幾腳給踩死的。正珉因為愧疚感陷入長時間的痛苦，感覺自己好像在期望那隻貓死掉一樣，但提心吊膽著自己要是沒看到第三隻動物屍體該怎麼辦的部分，也是事實。

她覺得自己繼承了差點殺人的爸爸的暴力，所以也更被罪惡感折磨。她必須證明自己跟那個把一條生命逼向死亡也毫無罪惡感的可怕爸爸，是不一樣的。正珉在那之後只要看到浪貓就會特別有感情，然後也宣示絕對不會養貓，因為她把自己斷定為單憑想法與想像就能讓貓走向死亡的醜惡人類。

午餐時間，正珉決定去買給藝莉和浩亞的點心，因為當講到浩亞被拋棄的事情時，藝莉看起來就像自己受傷一樣，隱藏在那兇巴巴的表情後面如同小尖刺般的傷口，似乎顯現了一點點。小學生終究還是小學生，雖然是被掩蓋住的雙重表情，但在已經三十歲的正珉面前卻是十分透明。

在跟基植一起去買午餐的路上，因為各自撐一把傘還要大聲講話的關係，正珉的喉嚨有一點痛。基植為了聽清楚正珉跟雨聲混雜在一起的說話聲，老是走向她旁邊，但每當他靠近，兩人的雨傘就會碰撞在一起，正珉的透明雨傘就會滴滴答答地落下水滴。

基植說藝莉偶爾會在意想不到的點變得很敏感，他自己也曾因為對貓毛過敏而推開靠近自己的浩亞後，被藝莉討厭了，但看他現在比剛才更用力抓著手臂，過敏好像比想像中更嚴重。總之，如果不想被藝莉討厭，對浩亞好會比對她本人好更有效。正珉買了最貴的罐罐和鮭魚口味的點心，以及最大杯的草莓奶昔，買的過程還想著，浩亞和藝莉之間是不是有什麼很緊密的線連結著彼此。

「哇，這些都是浩亞跟藝莉的嗎？」

「你想吃點什麼嗎？要不要幫你買？」正珉正積極等著要報答上次蹭到基植買的三明治，大方詢問。

「真的嗎？那我想吃冰淇淋。」

這個反應速度快到讓人不免懷疑是不是已經先想好了，基植輕輕抓著正珉的雨傘，指著巷尾的「阿高」咖啡廳。正珉透過傘頭看到基植的臉，他的表情猶如黑白畫面轉成彩色，恢復了生機。對吼，這個人對食物一直都是最真心的。

「那家咖啡廳賣的冰淇淋真的一流，會員們都還不知道，這是我只跟妳說的情報，我們偷偷吃完再回去吧。」

「現在嗎？」

「快點！這邊！」

基植用催促的手勢要啞口無言的正珉趕緊跟上，他本人已經打開咖啡廳的門了。

「老闆，我要優格冰淇淋加巧克力碎片餅乾。」

基植大氣不喘，一口氣就把品名念完，咖啡廳老闆一副你不說我也知道的表情，從這個對話看來，基植應該真的是老客人了。

「什麼口味名字這麼長啊？」

連口味名都還沒理解的正珉皺起眉頭。

「這是這家店最好吃的隱藏口味！要不要信我一次，試吃看看？已經快停賣了，要多吃點起來放。」

即便有基植的推薦，正珉最後還是選擇了最基本的香草口味。基植雖然看起來有點失望，但正珉不管別人怎麼說，就是最喜歡最簡單俐落的香草冰淇淋。

「把華力士擺在哪了……」

正珉凝視著被挖成圓球狀的冰淇淋喃喃自語道，她一看到店名就想起回憶中的《酷狗寶貝》[6]。

「荒唐的發明家華力士就是老闆，他每次都會開發很特別的口味。」

基植的回答帶有一點節奏，他伸出雙手，連同正珉的份，從老闆手中接過冰淇淋。

能在咖啡廳坐下來吃喝的空間安排在二樓，兩人並肩坐下，拿起湯匙，但跟想像中不同的是，香草口味甜得過頭，光這個就已經這麼甜了，實在想像不到那個「優格冰淇淋加巧克力碎片餅乾」會有多甜。優格應該只是禮貌性加入的，看著正在狼吞虎嚥著滿是巧克力和餅乾碎片冰淇淋的基植，這麼甜的東西怎麼有辦法吃得這麼順口啊？但看到對方這麼幸福，正珉的心情也好了許多。

「那這個口味為什麼要停賣？感覺對像你這種小孩口味的人應該很有吸引力啊。」

「聽說是很多人說優格和巧克力碎片餅乾不搭，反對這兩種東西的相遇。」

正珉忍不住笑出來，對這種事情也真摯得太過無謂。

「味道是一回事，但我喜歡這家咖啡廳的原因是這個。」

基植指著的牆面整齊排列著繪有墓碑的海報，墓碑上畫著各式各樣不同的冰淇淋，下方簡短說明這個口味為何消失在世界上，並寫著祝福故人冥福的句子，也詳細記載這個口味的誕生日期與停賣日期。

「為了不讓大家忘記善盡職責後就離開這個世界的口味們，老闆幫它們立了墓碑。」

「還真特別。」

「幸好妳喜歡的是絕不會消失在世界上的香草口味，不用提心吊膽，但我

6. 店名「阿高」原文為「Gromit」，與動畫《酷狗寶貝》中主角發明家華力士（Wallace）的獵犬阿高（Gromit）同名。

個人是希望優格和巧克力碎片餅乾的愛情可以實現。」

正珉也回應了揪著心口、像是童話旁白一般，用演戲腔說話的基植。

「但是，餅乾先生的死刑宣告之日已正在逼近。」

「啊！妳太過分了，也太沒血沒淚了吧……」

正珉和基植同時大笑，酸酸的優格小姐和甜甜的餅乾先生最後會變成怎樣呢？這個會幫沒人氣、甚至可說是失敗的口味立墓碑的親切咖啡廳，正珉非常滿意。

午餐的聊天主題不意外是「遲來的雨季」和「浩亞」，颱風至少還要影響一週時間，需要幫浩亞找到這段時間能待的地方。曹熙家已經有被她稱作「笨狗們」的兩隻狗狗，智慧跟父母同住，但媽媽不是單純討厭貓咪而已，甚至是到了有恐懼症的地步。基植雖然想幫忙，但他又有那可惡的貓毛過敏問題。準打從一開始就不太喜歡浩亞，是第一個講明大考生拒絕做這種麻煩事的人。那就只剩下正珉了，因為住很近，等到雨季結束，隨時都能把浩亞送回栗刺村，而且又一個人住。

藝莉雖然不太滿意，但以浩亞的臨時監護人來說，正珉的條件是最完美的。

正珉這輩子從未養過動物，她是個根本不懂能和動物交心是什麼感覺的人，再加上她之前還曾下定決心絕不養貓，而且她老有奇怪的確信，認為浩亞不太喜歡自己。正珉雖然搖搖手表示絕對不行，但浩亞那雙清澈的綠眸已經在盯著她看。

「哈……只要一個禮拜就好！」

憑著對天氣預報的信任，鋒面會在下週全面遠離韓半島，最後決定不多不少，就是一星期，由正珉帶著浩亞生活。結束作業的傍晚，工坊人們一起去買浩亞一星期的糧食、貓抓板以及能拿來當作浩亞家的墊子和紙箱。雖然是住在正珉家，但大家是抱持著一起養的心情，一起負起責任。

正珉正和藝莉以及用舒服的姿勢躺在藝莉懷裡的浩亞一起回家。雖然主要是因為浩亞完全不讓正珉抱，但藝莉非要親眼確認環境是否適合浩亞居住的固執，也是造成此畫面的原因之一。

正珉家已經很久沒有客人到訪，兩年前，雖然交往對象曾來過幾次，但在她搬來這裡沒多久後就不歡而散了，這是這棟公寓的詛咒之一，身邊的人會一一消失的詛咒。雖然打從一開始，她就不常跟對方見面，也不被喬遷宴這種既不好玩、也只讓人覺得不自在的文化牽著走，所以也不會邀請公司同事來家裡作客。她不在乎他人是怎麼看的，她只有一個很明確的實用目的，那就是要維持最基本，像個人的生活。家裡沒有任何常見的裝飾品，非常乾淨，但比起乾淨，用荒涼來形容可能更加貼切。所以在藝莉說要跟來家裡的時候，比起大家常有的「沒打掃看起來很亂該怎麼辦」的擔心，反而擔心被指責「這真的是人住的地方嗎」。

「妳自己住在這裡嗎？」

「嗯，是啊。」

「妳家是有錢人嗎？」

「應該算普通吧。」

「這裡跟我家差不多大小，但我家住了四個人，這程度可以算有錢人了啊。」

這是個普通的雙套房，有最少量的家具和最少量的物品，是個平凡、三十幾歲未婚女性的家。藝莉說家裡沒有家具，浩亞住這裡很安全，所以「暫時允許」正玟成為一星期的臨時監護人。好喔，謝謝，謝謝妳喔，正玟已經適應了藝莉的干涉。浩亞對這個空間還很陌生，不願從箱子出來，藝莉說等浩亞敞開心房就會自己出來，先不要去招惹牠。雖然本來就沒有要招惹的念頭，但正珉把回答縮減成簡單的「知道了」。正珉遠遠看著正在仔細端詳家中任何角落的藝莉，身材高眺又纖瘦，乍看就像個國中生，甚至也能誇張一點說她像個高一生，但看到她的大眼睛和圓鼻子，就知道還是個不折不扣的小孩子。

「可以吃完晚餐再走嗎？」

「家裡沒什麼能吃的，要叫外送嗎？」

藝莉一臉心寒，又用覺得這人沒救了的眼神看了正珉一眼，接著打開冰箱門。冰箱裡只有菠菜、豆腐、快過期的魚板。藝莉雖然開口詢問能不能借用廚房，但她其實早已拿著湯鍋接水。小學生還能做什麼菜啊……雖然正珉沒有表現出來，但還是擔心地坐在餐桌邊，特別留意藝莉的一舉一動。藝莉非常熟練地洗米後，按下電子鍋的快速煮飯按鈕，切豆腐和蔬菜的刀工看起來也很熟練。因為正珉是獨生女，也幾乎不與親戚交流，所以朋友們在講到「有一個外甥的感覺」時，她從來沒辦法感同身受。朋友們所說的「拿她沒辦法的野丫頭外甥女」就是這種感覺嗎？但藝莉雖然是讓人拿她沒轍，但可是完全不屬於野丫頭那種形象。

飯鍋久違地出現了水蒸氣的聲響，總是堆滿滿的微波白飯，今晚例外地沒能登上餐桌。小學生煮的菠菜大醬湯、白米飯、炒魚板，幸好還有三個碗盤才能裝下兩個人的飯和炒魚板。正珉看到冒著白煙的白米飯已經忍不住流口水，她舀了一大口什麼配料都沒有的白米飯吃下肚。

「真的很好吃耶！好久沒吃這種剛煮好的白飯了。」正珉興奮地都沒發現她正在大驚小怪。

「姐姐，妳一個人也沒辦法好好下廚吃飯嗎？」藝莉責怪正珉。

「因為之前的工作很忙……嗯，各方面都很麻煩嘛，藝莉，妳的興趣是煮飯嗎？」

「不是興趣，是生存，因為沒有任何人煮飯，我得自己煮。」

「妳爸媽很忙嗎？」

「可以這麼說吧，爸爸明明是個無業遊民，也不知道他在忙什麼，整天都不在家。」

正珉暫時放下餐具，緊盯著藝莉看。這種時候應該講什麼話呢？在心裡挑著各種安慰人的話，最後還是什麼都沒說出口。想用自己冰冷的身軀安慰別人，只是讓對方已經冰涼的身體更添寒氣而已。那種尷尬生疏的安慰無法給予任何幫助，但現在的她很後悔自己連好好安慰別人的方法都沒學會。

藝莉在吃飽飯後也沒有立刻回家，她拿著尾端掛著一隻小魚的逗貓棒跟浩亞玩耍，在家裡跑上跑下。太陽已經下山，藝莉的手機也沒響，正珉靜靜地切著最後一顆水蜜桃，把軟的地方挖掉也沒剩幾塊了，在盤子裝了一些巧克力香草冰淇淋後，正珉坐在藝莉旁邊。不曉得是不是因為久違接觸到溫暖地板，浩亞已經慵懶入睡。月亮特別明亮，天空不是黑色，看起來反而像是深紫色。這麼明亮的天色雨竟然下個不停，實在是很不搭。

「我爸有時候是個壞人，有時候也是可怕的人。」

正珉完全不在乎藝莉的反應，自顧自地開口。

「之所以是壞人，是因為他沒有能力，我媽在我小時候就在首爾市場裡經營豬腳店賺錢，我爸就是天天揮霍玩樂，享受著他自己的浪漫。但他也不至於是個可怕的人，只是一條自由的靈魂，對於建立一個家庭來說，他是非常重要的人。但他有時候會從壞人變成可怕的人，只要喝酒就會突然變成另一個人，眼神會瞬間改變，毫無預兆。」

「爸爸們為什麼都這樣呢？」

藝莉開了一支冰棒吃，打了個寒顫。跟小學生聊這個話題讓正珉的心裡有點麻痺，但她不是為了聽藝莉的真心話才把這件事拿出來講，只是想告訴藝莉，世界上也有這種家庭存在。

「我以為爸爸們都一樣，會嚇唬家人、也不給錢那樣無可救藥，但朋友們的爸爸都不是這樣。有天放學，我要跟朋友回家的時候，她爸爸來學校接她，好像是說為了女兒請假，要帶她一起去兒童樂園玩，吃吉拿棒。這是我第一次感到疑惑，原來大部分的爸爸都很溫柔嗎？然後也覺得被那個朋友背叛了。」

正珉認為那個孩子應該就是韓率，韓率總是搭著父母的車來到工坊門口，一看就知道是個溫暖和睦的家庭。

「我變得非常非常討厭回家……不對，應該是討厭家這個字本身。不覺得很奇怪嗎？家只有一個字，超沒誠意的。姐姐，妳不是企劃嗎？妳試著開發其他單字看看吧。」

「這好像需要好好想想耶。」

正珉對在這時候也刻意努力不讓氣氛太過凝重的藝莉非常掛心。沒辦法跟任何人說的那些故事，她肯定也很不習慣要把這種藏在心底的話掏出來。

「所以我偶爾會很羨慕浩亞，雖然我知道我不能講這種話，但畢竟牠沒有父母嘛，我寧可自己是個孤兒。」

正珉望著藝莉的側臉，看著這個跟自己很像的小孩子，內心非常微妙。

「當妳有這種想法的時候，隨時都可以來玩，妳知道我也是無業遊民吧？妳也可以來跟浩亞玩……下次換我做飯給妳吃。」

「我不敢相信妳的功力，那個冰箱一看就是沒在煮飯的人……飯就由我來煮，妳就好好照顧浩亞吧。」

「還要幫我做飯，那我當然好啊，今天的飯是真的很好吃。」

藝莉一面準備回家，一面說著可以期待下一次的料理。她的腳步看起來輕鬆了一些，正珉把手放在藝莉肩上，輕聲說：

「我也討厭我爸媽……」

藝莉嚇了一跳，瞪著大大的兔眼看著正珉。

「這是秘密喔，我已經三十歲了，到現在還沒辦法跟父母和解，但就算是一家人，互相有不能理解或不合拍的部分也很正常。沒有人規定家人就一定要相愛，可以跟獨處的時候一樣，討厭就說討厭也沒關係，在我面前也是。」

藝莉說著「這什麼意思啊，自言自語看起來很像笨蛋」便轉過身，然後也用跟正珉一樣氣若游絲的音量低聲道：

「我討厭爸媽！」

兩人開始哈哈大笑，藝莉突然問：

「對了，姐姐，妳跟準哥哥是什麼關係？」

這個突然大轉彎的話題讓正珉反問：

「什麼？」

「你們白天不是有對話嗎？他可不是會跟女人講這麼久的話的人。」

「原來妳喜歡準啊？」

藝莉的臉上突然泛起一陣淡淡的粉色，瞳孔無處可去，在大大的眼睛裡徬徨著。雖然她不斷強調不是喜歡，只是出自於粉絲的心情，但正珉在藝莉身上感受到單戀的人那種毫無縫隙的可愛。正珉說自己年紀比準大很多，他們什麼關係都不是，要藝莉不要擔心，但又止不住笑意。喜歡高中生的國小生啊，是某種在看藝人的感覺嗎？藝莉忍不住她的害臊，出去時還用力把門關上，透過窗外可見藝莉就像打水漂一樣輕輕蹦跳離開的背影。

正珉跟浩亞單獨相處時非常尷尬，她也不相信自己的善良，擔心著「要是心情不好的日子，拿浩亞出氣怎麼辦？」、「要是喝了酒，一氣之下又把浩亞丟進雨中怎麼辦？」那些跟動物一起生活的人，都不只是單純把對方當成寵物，而是像對家人一樣照顧及呵護。寵物生病就像自己生病一樣難過，在醫院花了數百萬韓元，買更好的飼料，也讓牠們吃不同種類的保健食品。她有辦法像待人一樣珍惜地對待那隻貓嗎？明明自己根本也沒跟戀人分享過真摯的愛情。雖然正珉心中充滿著懷疑，但一星期的時間也讓她安心，她只要在這個限定期間內做好浩亞的監護人角色就好，照顧這件事本身應該無關乎是否有愛。

最讓正珉安心的一點是，她早上睜開眼睛時所感受到的浩亞沉甸甸的重量。正珉睡覺時身體都會動來動去，平常不運動而不太舒服的身體好像都在睡覺時放鬆。一開始浩亞會在正珉身旁睡覺，半夜也會躲進自己的箱子，但後來就開始在身邊默默觀望著動來動去的正珉。有一天正珉的屁股壓住浩亞的前腳，但浩亞也沒有嚇到，而是輕輕把前腳抽出來，挪到旁邊，然後抵著下巴閉上眼。接下來當正珉的手臂壓住浩亞的頭，浩亞就會把頭從沉重的手臂下抽出，稍微扭個角度，墊著正珉的手臂，感覺是已經睡不著覺了，緩緩地眨著綠色眼睛，但牠還是沒有離開正珉身邊。

已經第三天了。正珉早上睜開眼睛，浩亞也蜷縮在身旁。在沒有任何預告或警告下，浩亞用這種方式，突然闖進了正珉的生活。只要她摸著一起躺在床上、吸吐著微小但溫暖氣息的浩亞的頭，就能獲得一股難以形容的慰藉。正珉總是喜歡長時間觸摸著有溫度的東西，就像捧著陶杯時，溫度會沿著血管傳遞那樣，她總會盡可能摸久一點。要是把心也給了溫暖的物體，那正珉是絕對不可能丟棄那個東西的。和起初沒特別感覺，以為自己只要當浩亞一星期的監護人就好的想法不同，才三天正珉就成了對浩亞充滿愛的完美監護人了。

這點對浩亞也是一樣的，浩亞也成為照顧正珉的監護人了。為了給浩亞飯吃，正珉也比之前更認真吃飯。為了掃掉家裡飛舞的貓毛，正珉也仔細地打掃了家裡。當一條生命進入就連植物也沒有的這個家，家裡也開始綻放各種小小的變化。正珉好像也忘了浪貓的死亡。把貓咪的死當成幸運象徵那股錯誤的懇切感，似乎也透過浩亞得到了原諒。

還以為會很常來的藝莉在這一星期也只來了兩次，好像是因為一天要上六堂課的日子很忙又很累吧。原以為一星期很漫長，但回頭看卻發現非常短暫，正珉開始對工坊人們傾訴不滿，雖然她正在製作要給浩亞用的寬飯碗，但她本人也深知這個大碗都還沒燒窯，浩亞就會離開自己的事實。

浩亞到來之後的第四天起，天氣開始逐漸放晴。原本說會下一整週雨的氣象預報彷彿是在嘲笑正珉，烏雲感覺要完全籠罩韓半島，但後來又逐漸消失，天氣變成完美的晴天。

應該是最後一天餵飯給浩亞吃的星期二，為了完成還沒上釉的浩亞的飯碗，正珉前往工坊。

「妳今天是不是沒吃飯就出門了？」

「妳怎麼知道？」

「妳捏土的時候根本沒力氣啊，厚度七釐米，照妳這種捏法要何年何月才能捏得這麼薄？」

曹熙一臉無奈地從籃子拿出一顆她半夜失眠時烤的肉桂捲。其實曹熙那天因為發酵得特別鬆軟的麵團，從凌晨開始心情就很好，帶著也要讓工坊會員品嘗的熱血心情上班。但感覺正珉無法專心，於是曹熙說先吃顆肉桂捲再繼續，並開始煮咖啡。看著四散的水蒸氣，正珉這才意識到自己的心煩意亂。

「其實一方面也是想到浩亞要離開了，所以有點憂鬱。」

「也是啦，畢竟天氣這麼好，我也沒想到這麼快就要再把浩亞送回來，坦白說把浩亞託付給妳，我也覺得放心許多，因為我沒辦法在工坊養牠一直讓我很愧疚，這裡巷子又窄，車又多。」

曹熙久違打開了工坊前後門，沒有一絲悶熱感的清澈空氣吹進室內，烤肉桂捲的濃郁香氣四散，畢竟不管是桂皮粉或杏仁片都毫不保留地加得滿滿的。

「我怕我是不是用自己的慾望困住了浩亞，想著浩亞會不會覺得以前的生活更好，卻非要把牠收編成家貓。我是不是用安全生活的名義束縛了牠的自由……」

「妳只要也對浩亞付出更多就好啦，問題出在藝莉。」

曹熙立刻指出重點，正珉還要看藝莉臉色也是事實，畢竟浩亞即便是隻浪貓，牠的實質主人也還是藝莉。

「如果我來養，藝莉應該會覺得不太舒服吧？」

「我覺得這題應該要妳親自問問藝莉才行。」

「在這之前……我真的是個好主人嗎？」

「這點我倒是可以保證喔，妳遇到浩亞之後變得開朗很多，浩亞感覺也變得跟妳一樣開朗了，光看妳的頭貼都覺得牠的毛越來越鬆軟了呢。」

曹熙用碗裝著一顆剛加熱好的肉桂捲要正珉快點品嘗，正珉嘴裡也被漆上了讓人心情好的甜。

「吃了甜的東西感覺有點力氣了。」

「這不是心情使然而已，畢竟空腹是很難有正向想法的。」

藝莉和韓率一起來到工坊，藝莉雖然嘴上說討厭韓率，但還是喜歡跟韓率玩，她雖然沒有明確表達，但是個行為透明得可以看出心情的孩子。曹熙也給她們倆吃肉桂捲，現在是奮力玩耍的孩子即使在學校裡吃過午餐，也會想吃點心的下午四點。曹熙建議正珉等到藝莉差不多填飽肚子，因為甜食而心情變好的時候再來談浩亞的事。

「那個，藝莉。」

好不容易才開口了，結果藝莉直接先打斷正珉的話。

「姐姐，妳可以繼續養浩亞嗎？」

「嗯？」

讓原本煩惱的時間相形失色，正珉的緊張也完全鬆懈下來。

「感覺浩亞在妳家好像過得更幸福，這樣我以後也不用擔心浩亞會不會在晚上被其他貓咪欺負了。」

「我可以養嗎？」

「如果我們家狀況許可，我就會養牠，但沒辦法嘛，我只是把牠先託付給妳，直到我能獨立自己生活為止。我以後會住在比妳家更好的地方，到時候我會很帥氣地把浩亞帶走的。」

「謝謝，妳想看浩亞的時候隨時都來玩。」

「那當然，浩亞的第一個主人是我的事實還是有效的，必須謹記。」

「是啊，浩亞也需要妳。」

每個人都在成為對彼此來說雖然微小卻必要的存在，不管是多麼細瑣的小事。雖然正珉有點擔心以後藝莉會不會因為這裡沒有浩亞，就不再來工坊了，但那股擔心也很快就煙消雲散。看著藝莉不斷偷瞄準的眼神就能知道，至少準在工坊準備申請大學這段期間，藝莉肯定會不定期跑來工坊的。那些又細又粗的心思錯綜複雜地交織成塑窯工坊，不論粗細，沒辦法一刀斬斷的心情會繼續和其他心情交會連結，延續下去。

「恭喜妳，正珉，終於烤出一個沒破的碗了！」

換作是平常的正珉，肯定會叫基植不要大驚小怪，但今天的正珉不一樣了，因為最近正珉的碗總是無法承受燒窯高溫，常常破掉。正處於對陶藝失去自信的時期，所以這次的碗更是別具意義。浩亞的飯碗，這是為了新的家人所做的碗，看著沒有龜裂，乾乾淨淨出爐的碗，正珉才再次感受到自己不是一個人。

幸好浩亞也很滿意這個飯碗，因為是陶器有點重量，不會像其他塑膠碗在地上滑掉或移動。也多虧於此，牠吃飯也更加舒服輕鬆了。正珉上傳了一張浩亞正在吃飯的照片到工坊群組。

——該幫牠剪指甲了。

在大家都在稱讚可愛的時候，突然有一句獨自偏題的話傳進群組。藝莉嘮叨的訊息是她為浩亞著想的方式，正珉也不討厭這個方式，反而覺得這樣的方式更能比其他人多停留一會，充滿了可愛的感覺。

浩亞看起來就像隻本來就住在正珉家的貓咪一樣，適應得很好。正珉對這副模樣感到欣慰，也很感恩，正珉要做的事情非常明確，那就是在藝莉帶走牠之前，要讓浩亞成為這世界上最幸福也最懶洋洋的貓咪。

「喵——」

看著吃飽後在正珉的腳邊伸出頭磨蹭的浩亞，今天晚上該聽藝莉的話幫牠剪指甲了。多虧了浩亞，正珉每天要做的事情逐一增加，也越來越常活動身體了。她這才發現，治療無精打采，沒有比責任感更有效的特效藥，感覺本來濕漉漉的身體就像在陽光下曬乾的毛巾一樣變得輕盈。那些常在自己耳邊繚繞、不斷議論著自己有沒有收留一條生命的資格的虛弱聲響也變得稀薄。即使她沒有掙扎，也沒有迫切祈求，那些緊緊束縛著自己的繩索似乎也都自己一一解開了。

一日課復活

過了陰雨連綿的季節，工坊裡也迎來變化，那就是一日課復活了。星期六的課一開始，曹熙就突然宣布：「我決定了，要重新開始。」就像正珉今年夏天突然發聲那樣。

一日課中斷了快一年時間，正珉是在管理塑窯工坊ＩＧ時，翻到以前的貼文，看到「不接受詢問一日課相關問題」的文字。對於曹熙的決心，基植和智慧都起立鼓掌，正珉也看著氣氛起來跟著鼓掌。

「這麼說來，智慧也是先在塑窯工坊上了一日課對吧？」正珉問道。

「沒錯，那時候的一日課是真的很熱絡，人多的時候一天還有六七個人呢。」

「那為什麼暫停了？」

「嗯，老師有點事，當時是直接把工坊也暫停營運了。好險後來又重新開門了，但應該是無力繼續經營一日課吧。」

「原來如此。」

曹熙輕飄飄的聲音和輕盈的腳步也讓工坊充滿著莫名的悸動，一想到希望只有自己知道的小小塑窯工坊會有很多人前來，正珉其實也有一點點遺憾，但她也是第一次看到曹熙這麼興奮的樣子，也想要給予「一日課復活企劃」一點幫助。

「基植，看來我們也該幫忙吧？我們在ＩＧ上宣傳一日課要復活吧！」

「好啊！」

「但要怎麼做……？」

兩個人同時看向對方。

那天基植和正珉午餐吃著草莓鮮奶油三明治，一邊用筆電研究其他工坊的一日課內容。不曉得草莓是不是換成冷凍的，吃起來沒有之前那麼甜。雖然曹熙說沒必要這麼賣力，但就是想做點什麼，不只是為了工坊，也想為了自己做到這件事。

「感覺每個工坊都有自己的特色，像是上色、黏上各式各樣的黏土進行設計，最近好像是流行加一點大理石紋路吧。我如果是客人，我在搜尋工坊時應該會用我想做的設計或感覺為標準去找喜歡的課，所以應該要先用技法抓出課程框架。」

「那就得做出跟其他工坊有所區別的特色……要給人只有在塑窯才能做出這種陶器的感覺。」

基植一邊咀嚼著嘴裡的三明治說道。

「沒錯，就是這個！」

正珉看著工坊內展示的陶器，跟第一次來到塑窯工坊時相比，層架狀態沒有太大差異，都是些滯銷的容器，跟時下流行的可愛繽紛風格相距甚遠。

「因為我一直都是走正統路線……如果要跟年輕人經營的工坊正面對決，我應該完全不是對手。」

曹熙早上的悸動好像都煙消雲散了。

「我們應該反過來宣傳這一點，傳統也有氣質的陶藝工坊。不是要做那種注重外表裝飾，但很快就會裂掉、壽命太短的容器，而是要做出真的能用很久的幹練容器的工坊。」

因為曹熙的自信洩光了氣，正珉連珠炮地說出這一長串。

然後基植把自己的大手伸向正珉的臉邊，看到她一臉茫然，基植才抓著她的手往上抬，做出不太到位的擊掌姿勢，一邊喊出了：「Nice!」在大家意氣相投之下所設計的塑窯工坊一日課分為A、B兩種課程，A課程是手塑，B課程是陶輪塑陶。依據客人想做的設計，可以選擇不同課程。如果想做擺設或留有手印的粗獷容器可選手塑，如果想要經典設計的客人就選陶輪塑陶。A課程的碗盤可以拓印樹葉和花紋，這是上過一日課的智慧提出的點子，上課前先準備好花瓣和樹葉，在容器乾燥前先把紋樣壓上去。曹熙說她讀大學的時候，每到秋天就會有教授上拓印楓葉的課程，她憶起當年回憶，陷入感性，大家都不想妨礙她的回憶旅行，沒有半個人打斷她的話。

「用碗盤乘載那天的季節。」

正珉一邊對話，也持續在筆電記錄想到的文案，現在還需要一日課宣傳貼文要用的陶器照片，原本想從已經做好的碗盤挑選，但對於要在一日課中呈現「可以做出這種陶器」而言，這些難度都太高了，更別說甚至還有價值五百萬韓元的作品了。一提出需要可作為一日課範例用的單純容器，曹熙欣然地說下禮拜會做好。仔細想想，正珉從沒看過曹熙做陶藝的樣子，頂多看過她幫忙會員或進行示範而已。雖然很難立刻想像出曹熙不是作為老師，而是作為陶藝家的模樣，但想必會是又帥又霸氣的吧。

基植說，如果放上一日課學生的上課照片和他們的作品照會更好，比起都放曹熙的作品，要配一點學生的實際作品才更有說服力。然後他還在正珉耳邊低語說，希望能放年輕人上課的樣子，以稀釋老氣的感覺。雖然因為被突然靠近的基植嚇到，正珉的耳朵非常熱，但在聽到基植的下一句話後，溫度又立刻冷卻下來。

「還是我帶我女友來呢？她本來就也挺好奇的，下禮拜六她可能可以。」

「如果孝錫也來做，感覺也不錯吧？他也說每次都是下班過來，課程都結束了很可惜，他有說過自己也想做陶器。」智慧也興奮地補了一句。

「窯燒心意的工坊，塑窯。」正珉用手指抹了抹混著釉藥和陶土的襯裙，在桌上寫下這幾個字。

「那就是正式課程前的試營運囉？」

大家都點點頭，同意正珉的話，期待也是最具傳染性的感覺之一。

「正珉，看妳這麼有活力的樣子，妳本來應該是個很開朗的人吧？是因為一開始比較怕生嗎？」

再次找回早上能量的曹熙問。

「因為這跟我之前做過的節目企劃業務很像……看來我也不知不覺興奮起來了吧。」

「妳看起來很樂在其中，謝謝妳。」

正珉認為自己的黑暗是與生俱來的，比其他朋友更不愛笑，也有著不符年紀的冷靜，跟那種備受家人疼愛長大的朋友就像油與水一樣，無法相溶。如果討喜也有濃度之分，那她肯定是低於平均以下，所以她才需要一直打「討人喜愛針」。欣然接受自己也沒什麼興趣的男人告白，或傳一封滿是想念的訊息給其實也沒特別想念的朋友們。偶爾還得穿著不自在的洋裝，戴上閃閃發亮的飾品，這樣才會有種惹人憐愛的濃度稍微提升的感覺。

後來，大學時期總是一起相處的朋友說「跟妳相處，感覺連我也變黑暗了」這句話反而讓正珉安逸了，感覺她不需要再繼續努力施打「討人喜愛針」，反正不管怎麼做，她都沒辦法擺脫燈暗之後的陰影。正珉接受了自己天生的性情，做一個黑暗的人靜靜待著。

曹熙是第一個人對這樣的正玟說出「本來開朗」的話，就像原本停泊的船開始緩緩划開水面，往前航行，正玟的心裡也漾起了波紋。

基植的戀人亞拉在坡州居民中心工作，她一頭長度到鎖骨的中長髮，身穿白色洋裝和檸檬色的平底鞋，帶有大家至少都遇過一次的區公所員工特有的禮貌、親切，以及清新感。看到亞拉所散發的明朗氣質，與平常不施粉黛的自己更顯對比，正玟顯得更加畏縮，雖然今天正玟已經薄擦一層口紅了。

孝錫則是不見平常端莊俐落的樣子，穿著鬆垮運動服打開了工坊的門。

「我終於等到能摸到工坊陶土的這一天了！我今天還多帶了一位朋友來，應該沒關係吧？」

「不管是誰都歡迎，越多越好囉！」

聽到還有一位客人，曹熙鼓掌叫好，接著趕緊再多煮第二壺咖啡。

站在孝錫身後，微微探出頭的是一頭整齊短髮，身穿西裝外套的珠蘭。

「大家好，我也想嘗試一日課，剛好孝錫約我一起來體驗，很抱歉沒能先跟各位說。」珠蘭難為情地向工坊的人們問好。

「這是驚喜啦，收到意想不到的禮物總是更加開心嘛！」孝錫看著正珉的臉色，試圖炒熱氣氛，他還偷偷擋著正珉，不讓珠蘭看到對方，但珠蘭早已一臉泰然地走向正珉，正珉實在無法估量這個裝模作樣的珠蘭內心到底在想些什麼。

「我不知道今天正珉也會來一日課，能再見到妳真好。喔對了，我跟正珉是同個高中的同學，是上次我來接爸爸下課回家時才偶然碰到的，真的很命中注定吧！」

「我也嚇了一大跳啊，根本沒想到妳們倆竟是朋友，工坊的人果然是越多越好。」

曹熙代替臉上已經沒了血色的正珉接住珠蘭的輕狂。

會員們都覺得正珉和珠蘭的緣分很神奇，像在看桌球比賽追逐小白球一樣，來回看著她們倆。正珉不想破壞重啟一日課的氣氛，好不容易才強顏歡笑地離開了球桌。

曹熙將六杯咖啡一一遞給在場的大家，接著開始上課。孝錫、亞拉、珠蘭都選擇陶輪塑陶的B課程，事先準備好野花的智慧雖然想替A課程拉生意，但學生們統統都對陶輪有著憧憬，婉轉拒絕了她，智慧悶悶不樂地說這是媒體所導致對陶藝的幻想。

智慧也無可奈何地跟著基植一起當助手，曹熙看到幫亞拉繫圍裙的基植說道。

「這是在我們工坊沒見過的漂亮衣服呢，但如果白衣服沾到陶土的話，我可不管喔。」

「我跟基植打算下課後要去約會，因為說還要拍ＩＧ宣傳用的照片，我也不自覺地用心打扮了。」

跟其他身穿灰色或黑色衣服的會員相比，穿著白色的亞拉是個客人的事實也更加明顯。

亞拉對於一邊踩著陶輪，一邊塑型非常有興趣，光是指尖形狀稍有不同，容器的形體就會有明顯改變。她不斷用參雜著撒嬌的語氣說著「這個如何？」、「我做得還好嗎？」、「我也想跟你一樣。」基植會在這時候給亞拉建議，像是這邊應該這樣，這種時候應該怎樣。

智慧則是黏在孝錫身邊協助他維持重心，正珉站在距離十步之遙的地方所看到的他們完全就是情侶，當然，近距離看的話會發現有近九成的對話都是玩笑話，剩下的一成是責罵，但再這樣吵下去搞不好也會產生一些情愫吧？智慧的手自然疊上孝錫的手，這才是男女角色對調，真正的二十一世紀《第六感生死戀》，是只有他們自己不知道的愛情故事啊……正珉伸出雙手大拇指和食指做出九十度的手指方框，在這個沒有聲音的方框裡的智慧和孝錫看起來相當溫柔，正珉甚至想賭個冰淇淋，智慧和孝錫不久後肯定會交往。看著會員們聚在一起陶輪塑陶，正珉也不自覺不斷嘆氣。遠離他們，獨自捏陶的她怎麼感覺有點寂寞呢？雖然從手的觸感可以得知陶土正在變乾，但她也沒再沾水了，陶土裂開的觸感粗粗的。

正珉的嘆氣可能太過深沉，曹熙默默靠近。

「不是啊，智慧應該要研究她跟孝錫的化學反應，會比研究陶器跟咖啡的化學反應好吧。」

曹熙代替被嚇了一大跳的正珉，用沾水的海綿擦拭坯體。

「就是說啊，看起來還真～是好啊。」

「妳忌妒了吧？」

曹熙輕鬆拋出一句話。正珉從剛剛就一直在偷瞄基植和亞拉，她生怕自己的心意會被發現。

「什麼？」

「幹嘛裝沒事啊，妳不也想要用陶輪嗎？」

喔，原來不是那方面啊，正珉鬆了口氣。

「哪有忌妒……我沒有。」

「只是說說而已，這其實是一日課的特權，會員通常要三個月才能碰到的陶輪，居然才來一天就能夠使用，但其實妳也已經來超過兩個月了，應該也漸漸可以開始嘗試了。」

「嗯，看來我也是想早點用陶輪吧。」

正珉順從地接受了曹熙的說法。她學習陶藝，一步步辛苦往上爬，究竟是為了什麼呢？這不是想做時來體驗個一兩次就好嗎？正珉沒有基植那種創業的夢想，也不曾像智慧那樣把這當成一輩子的興趣，當然也不會在這把年紀還想用陶藝重念大學。那她這麼投入於捏陶的原因是什麼呢？曹熙輕拍了陷入沉思的正珉肩膀。

「妳有哪裡不舒服嗎？看妳臉色一直不太好。」

「沒事，我只是在想其他事情。」

但其實正珉從剛剛就一直覺得頭很痛，每次看到基植和亞拉在一起的樣子就會有種心裡被針扎的痛楚，而不像其他人有幫手在身邊協助，獨自一個人坐著的珠蘭也一直讓人很在意。那張宛如白紙，似乎已經忘掉當年那件事的表情到底是什麼意思？這個想埋進一個角落，佯裝不知情，關於陶藝的煩惱又該如何是好？正珉甩了甩頭，想把煩惱都甩開。

「那就好，正珉，妳今天想體驗陶輪嗎？珠蘭旁邊的位子是空的，畢竟妳也是陶藝前輩，等珠蘭用完陶輪，妳再幫她看看和進行補強。」

珠蘭一個人的速度很慢，想起她從小就沒什麼手藝的正珉再次感受到，她真的一點都沒變，人果然是不會變的，但也正因為知道這點，所以她才不想跟珠蘭近距離接觸。

「不了，沒關係，我想把我這個先做完，我下次再體驗一日課吧。」

正珉搖搖雙手拒絕，一方面是覺得不自在，一方面是正珉的實力還不到可以幫助其他人的地步。

「好吧，那之後隨時都可以再跟我說，我看妳不單只是因為興趣才來玩陶藝，有什麼其他的目標或野心嗎？」

然後曹熙又補了句：「以後也可以像智慧那樣去參加市集或徵件。」

「我其實也還不太清楚……我只是單純想要摸摸陶土而已，沒有什麼遠大目標，想要單純一點，證明『至少我也還有在做點什麼事』而已。」

「有個在固定時間要去的地方，需要根據天氣和季節照料的容器，我是覺得光憑這點就足以成為學習的理由。我剛剛說的話就當作沒聽到吧，像妳這樣誠實又認真的會員真的很久沒見到了，所以我才會不自覺心急吧。」

「沒關係，那我可以用比較輕鬆的心情再多做點陶藝嗎？就到冬天。」

「好啊，冬天很冷嘛。」

除了亞拉所做的小花瓶是完美對稱這點之外，作品本身的氣氛跟基植的作品非常相像，孝錫的作品則跟智慧可可愛愛的茶杯很像，雖然看起來應該是因為智慧在協助過程中做了一大半的關係。珠蘭的作品是水波紋的圓柱狀水杯，很忠實呈現曹熙為了那些不知道要做什麼東西的人們，事先做好的範例作品。

正珉和基植一起上傳了ＩＧ貼文，在基植於課程中拍的照片和三張作品照下方，寫下正珉事先準備好的文案。猶如完成了一項大專案，正珉久違地感受到了欣慰和成就感。

熱情高漲的正珉想跟基植討論未來的宣傳計畫，但基植不懂她的心情，已經早早開始準備要和亞拉去約會了。

「基植，既然都跟女友來這裡了，不要帶她去三明治店喔。」

正珉對整理完圍裙出來的基植說。

基植把手放在反問「什麼三明治？」的亞拉肩上，用笑容帶過。亞拉不知道草莓鮮奶油三明治這點讓正珉的心情變好了。

智慧和孝錫說要兩個人一起去吃飯就離開了，正珉也一邊整理座位，一邊詢問曹熙午餐要吃什麼。

「我今天要自己吃耶。」

「喔？那我……」

「看了甜蜜的情侶，也看了感覺快要變成情侶的可愛男女，我想在這種莫名感到寂寞的日子徹底寂寞一下。而且妳們倆也好久不見了，感覺有很多話可以說，這裡交給我整理，妳們出去吃午餐吧。」

珠蘭站在曹熙的頭所示意的方向，她皺著鼻子，一臉一直在等正珉的表情，還向正珉招手要她快點過去。正珉一支支吾吾，曹熙就喊著「快點！快！」像在趕牛一樣擺動手臂。

* * *

「以妳的個性，要跟我吃飯應該吃不下，這附近有妳知道的咖啡廳嗎？」

聽到珠蘭說的話，正珉不發一語轉了個方向，珠蘭也預期正珉的反應會很冷淡，沒多說什麼就跟著走。正珉所知道的栗刺村咖啡廳，就只有之前跟基植來過的冰淇淋咖啡廳而已。兩人在二樓窗邊座位面對面坐著，正珉不知道該把視線放哪，只能凝視著珠蘭的耳下附近，但珠蘭倒是直勾勾地盯著正珉的眼睛。

兩人都有彼此的聯絡方式，在過去十年間，想聯絡的話隨時都能聯絡，但沒有任何一方主動聯絡對方。珠蘭的頭貼一直都是跟看起來是男友的人合照，正珉覺得這種毫不猶豫展現關係的態度真的非常珠蘭，雖然她曾點開沒有對話的空白聊天室，卻沒有傳出訊息。原來這就是所謂彆扭的關係啊，雖然在好友清單裡，但實際要傳訊息時卻什麼都寫不出來。

儘管如此，正珉覺得繼續跟珠蘭保持這種像粗糙砂紙的關係也無妨。

「這才終於能好好打招呼了，妳過得好嗎？因為妳這段時間都沒聯絡我，還以為是不是我做錯什麼事了。」

正珉用隱隱有些暗諷的語氣回應油嘴滑舌的珠蘭：

「要說沒聯絡這件事，妳不也一樣嗎？而且妳哪有對我做錯什麼，加害人的角色可是我。」

珠蘭刻意忽視正珉所說的話。

「那個……我在首爾市廳附近工作，是金融公司的秘書，我聽孝錫說妳好像是節目企劃？」

那個特別愛玩的高中生珠蘭已經消失，端端正正地成了社會一分子。雖然兩年前跟牙科醫師結婚而離開老家，但至少也還在首爾圈內。

「妳這麼早就結婚了啊？」

「妳不也知道嗎？我從小就很喜歡男人，志願是當個逆時代的賢妻良母，也成天說著我要早點結婚。」

小時候的珠蘭，身旁的男朋友是一個換一個，從不間斷。這樣的女人竟然這麼早就停泊在一個男人身邊反而讓人感到陌生，正珉找不到適合回應的話，緊閉著嘴，珠蘭又接著說：

「我結婚之後，我爸就把首爾的房子賣了，住在日山。畢竟也不工作又自己住，總是有點無聊，所以我就請孝錫幫忙報名陶藝課，但真的沒想到妳會在這裡……也不是在我們以前住的社區，竟然是在日山遇到妳，感覺真的有點微妙，畢竟這裡是個陌生的社區嘛。」

就算提到叔叔的事，珠蘭也保持著「我什麼都不知道」的態度，漸漸讓正珉感到厭惡。

「妳今天為什麼會來工坊？」

「沒什麼特別的，就想跟妳聊聊。我越想越覺得對妳很抱歉，有種當時是我把妳一個人丟在某個又深又黑暗的地方，自己離開的感覺。」

「但是啊珠蘭，把我推進那裡的人，不就是妳嗎？」

雖然兩個敏感的孩子很容易成為朋友，但反過來說，也很容易漸行漸遠。對於那個年紀比較高敏的孩子，朋友的眼神、遲疑、身體觸碰面積的變化、笑聲的高低和每一個單字，都成了給予解讀空間的刺激。

當正珉約珠蘭下課後一起去媽媽的餐廳，珠蘭反應不冷不熱的狀況也越來越多。是因為不久前，珠蘭看過爸爸喝醉在媽媽店裡鬧事的關係嗎？每當這時候，珠蘭的瞳孔就會出現強烈動搖，偶爾還會焦慮地咬指甲。正珉覺得自己或許有著能抓住時間兩端拉長，讓時間變慢的無用超能力。那孩子的猶豫與躊躇在正珉眼中就像慢動作一樣，小到秒單位也還是清晰可見，等她回答的時間猶如永恆。這種細小的時刻就像灰塵累積，也讓正珉漸漸變得淒涼。兩人之間產生了微妙的無重力空間，但她們倆都不知道該怎麼形容那個縫隙，所以才一直無法擺脫「朋友」的定義。

但就在意外發生前一週，正珉和珠蘭的關係終於出現裂痕。在寒假即將到來的前幾天，遂行評價[7]分數出爐了。珠蘭的朋友群之中有一個人給正珉打了非常低的組員評分，正珉倍感荒謬去找那孩子理論，卻只得到嗤之以鼻的反應。正珉的拳頭發抖著，當時是珠蘭抓住了正珉的手說：「妳想幹嘛？」正珉甩開珠蘭，慌忙離開教室，因為珠蘭說的話帶著些許輕蔑，沒有站在自己這邊；也因為要是無所顧忌，正珉害怕自己可能會打朋友。有種珠蘭只是帶著她一起玩，但自己並沒有完全被這個群體接受的感覺。正珉下課時間也沒去找珠蘭，她呆呆地在某間廁所裡站著，等著珠蘭先來找自己。在這小小的四方型空間裡，正珉想像著一條長長的飛機跑道，她心裡充滿著難以抑制的鬱悶，很想氣喘吁吁地跑到某個地方。正珉直到十七歲才明白，下課十分鐘原來可以如此漫長。

那天，負責打掃電影社教室的人是正珉，在她整理其中一邊的材料倉庫時，門突然被打開，同是社員的珠蘭和朋友們闖了進來。正珉急忙縮起身子躲起來，雖然她無意偷聽，但社團教室很窄，她們的聲音很大。在聊了幾輪她不想聽的閒話後，有個同學突然抱怨起在午餐時間正珉一臉兇巴巴地出現，因為幾分小小分數來找自己碴。珠蘭假裝替她說話，說正珉並不是個壞孩子。當朋友們問起正珉校服外套飄散的豬腳味時，珠蘭把音量壓低。最後問到正珉小腿瘀青時，珠蘭張望四周，悄聲說：「其實正珉的爸爸……」

7. 針對整個學習過程的考試制度，形式多元，用以評價學生是否了解學習概念及解題過程。通常包含在韓國考大學時的「內審分數」中。

「那時候妳不也裝作若無其事地推開我嗎？」

珠蘭用手指繞著不及下巴的短髮反駁。

在珠蘭四歲時，媽媽就離家了，媽媽說她再也不愛爸爸，於是拋下女兒，走向其他男人。珠蘭覺得自己是被拋棄的，也因為這個傷痛渴望建立關係。她希望爸爸再婚，幫她再找個媽媽，對朋友的占有慾也很強烈。正珉媽媽向初經晚來的珠蘭溫柔介紹衛生棉用法，也讓珠蘭第一次感受到溫暖的母愛。在珠蘭熟記豬腳店菜單，還能熟練地開始上菜時，珠蘭開始改口叫允在「媽媽」，而不是「阿姨」。看到珠蘭溫順親人地叫著允在媽媽，正珉的胃一陣翻攪，珠蘭的距離太過貼近也讓她感到壓力，珠蘭似乎也隱約感受到了正珉的這股視線。

「那個年紀的朋友之所以會疏遠，難道只會有一個原因嗎？一旦討厭了，就會用各式各樣的理由繼續討厭對方。」

「妳一直都沒辦法坦率。」珠蘭冷冷地說。

正珉也因為老是挑人語病的珠蘭動怒。「雖然現在才來翻舊帳也沒意義了，但既然都已經是潑出去的水，就讓它徹底流光吧，妳真的覺得妳自己對我光明磊落嗎？妳有辦法說出妳從來沒有排斥過我嗎？

「我當時也在那裡，社團教室。」

珠蘭的思考突然堵住，一臉茫然的表情全寫在臉上。在微張的嘴唇間好像有魂魄悄悄地吐出，珠蘭的表情從以前到現在都非常透明好懂。

「講其他事情也就算了，但為什麼會有瘀青就不該講吧？妳應該要說謊的，應該別讓我知道……」

「所以我才覺得抱歉啊，我不知道妳人在那裡，跟其他人大講那場事故的事我也很抱歉，我真的不知道是我把妳塞進那個洞穴裡的。」

珠蘭的聲音乾涸了。

「到此為止吧。」

正珉起身，再繼續面對珠蘭只會讓她痛苦。只要跟珠蘭見面就會覺得陰沉痛苦，就像把等同放棄腸胃的過期牛奶喝下肚，還不如直接無情地倒進下水道。

被獨留的珠蘭在正珉離開後，在位子上坐了很久，一口都沒吃的冰淇淋也融化了。

穩住重心

進入十月，陸續有落葉凋零。當街道上隨處可見掉落的柿子和栗子之際，正珉也總算坐在陶輪前了。在曹熙允許她可以開始使用陶輪時，正珉很訝異自己竟然沒有特別等待或期待這個時刻到來。不管正珉是要認真學陶藝，或把它純粹當成興趣，耗費的時間一長，她也有點倦了，雖然一開始是沒有賦予任何意義開始投入陶藝，但現在需要繼續做下去的理由了。總之，在這個熱情稍微冷卻的時機，學新技術剛好也是個換氣的機會。

正珉坐在陶輪旁持續看著曹熙示範，到目前為止，正珉的陶土都沒有靈魂，不去捏就不會改變形體，必須用手誠心捏陶，雖然笨拙，但要這麼做才能讓它有個新器物的名字。對於總是被動看著陶土的正珉而言，在陶輪上自己轉動著的濕潤陶土是讓人尷尬又陌生的。

「現在開始，左右手會組成一隊一起動作，左手放在外圍，右手在捏塑內側形狀的時候，雙手高度必須一致。先捏出輪廓，當為了抓住外部中心，左右手都在捏外側時，雙手的形狀也必須一致。力氣只放在最上端，去除陶土多餘的部分。」

曹熙要非常僵硬的正珉先摸摸陶輪的陶土是什麼樣的質感及水潤程度。要摸那個不斷旋轉並獨自起舞的土塊讓正珉感到恐懼，就像國小時第一次摸到朋友家白淨嬌小的瑪爾濟斯狗時所感受到的恐懼，如此具有生命力並奮力活動著的東西總莫名地讓正珉退縮。

正珉鼓起勇氣，雙手輕輕圈出圓柱體的形狀抓住陶土，跟手捏陶時完全不同的水潤感讓她相當不安，因為濕潤的陶土形狀很容易歪掉。手才出了一點點力氣而已，圓柱體的陶土瞬間變成上寬下窄的形體，看起來就好像一起跳探戈的男伴，被女伴的高跟鞋踩了一腳。時機、力道調整以及速度，只要這三拍子有些許不合，就沒辦法和陶土一起共舞。

「來，塑型是之後的事，這是練習，我們今天要做的事情是穩住重心。妳看過其他會員的實作應該也知道，把陶土放上陶輪，最先要做的事就是先抓穩它的重心，讓它能在陶輪上穩定旋轉。重複把這塊陶土拉高再壓扁，再拉高然後壓扁，藉以鬆開陶土原本扭成一團的紋理，如果沒辦法穩住重心，就沒辦法開始使用陶輪。」

「那要怎麼知道已經抓到陶土的重心呢？」

「憑感覺。」

曹熙的說明簡單明瞭，讓正珉再次出現「果然」的想法。陶藝並不是破一項任務就能獲得一項技能那種等價交換的單純技藝，正珉看著因為濕陶土變得濕漉漉的手掌，以後要靠著這雙手攻破的任務還有一大堆。

但陶土不懂正珉的心情，老是歪七扭八地扭動，然後又在一瞬間整個倒塌。雖然她再次試著把土柱拉長，但在搖來晃去的過程中，又被壓成好像只有中間被睡扁的枕頭。這讓正珉產生了疑問，這個持續反覆的過程真的是在找重心嗎？僅憑著把陶土拉長又壓扁就能讓糾結的土塊鬆開嗎？雖然肉眼看不見土壤的紋理，但正珉覺得她這塊土絕對是非常糾結，不管試了多少次，這塊土老是脫離正珉的掌心，或是在撕裂的縫隙中大喘著氣。

這次的陶土看起來也像地雷爆炸而凹凸不平的土地，悽慘扁塌。受不了的正珉對自身實力感到失望，小心翼翼地揮了拳頭，在緩慢流逝的「陶藝時間」中，感受著那難以承受的枯燥。她想指責那個甚至還沒撐過兩個季節，就開始產生厭惡的自己，但又想到自己本來就很優柔寡斷，本來就無法長久堅持做一件事情，談戀愛時也難以跟一個人長時間認真交往，這麼一想，這個狀況也變得很容易被接受。

別說要跟陶土共舞了，正珉連用手好好抓住陶土都失敗，整個人都累了。再加上低頭彎腰，縮坐在陶輪前兩個小時的姿勢，比起在辦公室裡打電腦更讓肩膀不適。正珉挺起肩膀，轉動手臂，坐在她身邊、正在使用陶輪的基植看到她那塊壓扁的陶土輕輕笑了。

「很不容易吧？第一次用陶輪時很需要耐心，雖然這話很籠統，但真的只有練習才是答案。」

想到對方可能看到自己的揮拳，正珉有股好像心聲流出的感覺，很難為情。自從前陣子見到基植的女友亞拉後，她就對基植開始產生一股微妙的不自在，每次見到他，總會想到那個清新的女人。

「我還以為我是個很有耐心的人，不管碰到什麼狀況都能好好忍住，但看來應該不是這樣吧，悶死我了。」

「我在陶土不盡人意的時候也偶爾會亂揍一通，真的悶得要命。但因為陶土很柔軟，就算我們揍它也不會痛嘛，心情不好的時候就盡情捶打它吧。」

正珉看著那留在陶土表面的鮮明拳印，是相較於體型顯得特別大的手。大人們看到正珉的手總說一樣的話，「是很適合彈鋼琴的手」、「手這麼俐落，手藝肯定很巧」，但遺憾的是，正珉在這塊毫無天分，只能用那細長的手指頭比別人更快敲打著鍵盤，寫著打得越快也消失得越快的文章而已。熱愛工作是什麼感覺啊……在紀錄片組的那起事件後，正珉認為對工作付出熱情的消耗行為對自己有害，早已跟真誠劃清界線很久了。

「基植，你就這麼喜歡陶藝嗎？要熟悉陶藝技術需要很長的時間，也不是覺得自己厲害，就能得到相應的結果或回報啊，再加上你還有工作要忙……但聽到你還在準備創業，老實說我很驚訝。」

「我本來對藝術這種抽象的單字是完全沒有感覺的，但第一次摸到冰冷的陶土時，我就立刻懂了，我肯定能做陶藝很久很久，這個東西我做一輩子也絕對不會膩。這跟覺得它很有趣的感覺不一樣，比起刺激又酥麻的樂趣，比較偏向平穩的感覺，能讓我冷靜的事就能做得更長久嘛。」

「讓我冷靜的事……」

對正珉而言，那種事情會是什麼呢？正珉所擁有的這麼多張牌，絕大多數都具有會翻攪她心情的刺激性。就算不是這種類型，也是超乎平靜，反而更接近乏味無聊的那種。

「老實說，我最近並不知道陶藝對我來說有什麼意義，如果只是當成興趣的輕鬆想法就算了，卻老是會產生期待，一直把它想成可以改變我自己的某種手段。」

「看來找到妳抓不到重心的原因了，搞不好是妳太心急了。感覺應該快點做些什麼事，好找回人生的活力，但陶土又是非常非常緩慢的材料，妳可能是因為背離那個速度而迷路了。」

基植像個醫生診斷正珉的狀態。

「如果迷了路該怎麼辦？我很想配合陶土的速度，但今天甚至覺得這很無聊，而且因為我也認同這個事實了，也不太能專心，真是糟透了。」

「那妳不要把陶藝當成是為了自己而做的事，想成是為了其他人去做吧，想著周遭的人，製作陶器也會別有趣味喔。我每次低潮都是這樣克服的，因為知道陶器需要貫注很多心神和時間，就算形狀有點歪掉，又或者在窯裡失去它應有的堅固，但收到的人清一色都還是很開心。」

「看樣子你送禮的時候也有稍微炫耀一下吧？」

「那當然，坦白說，我的作品也是有收藏價值的啊！」

基植調皮地笑了笑。

穩住重心這件事，或許得從邊緣開始看起也不一定。這段日子以來，正珉都沒有關注自己的周遭，很輕易就放手，也不輕易伸出手，僅憑一句話就鬧翻，待在深洞裡也不出來，也警戒著走向自己的人。就連給他人一個拳頭大的空間也不願意，獨自坐在一個掛著自己密密麻麻心情的孤獨展示間裡，那些得不到注目也賣不掉的心意，都在正珉的展間裡腐爛著。

「但我不知道送誰比較好。」

「我是不會先想好對象，做著做著就會想到，只要跟著那個聲音走，就能看到一個完整的名字，然後就會知道，原來這個陶器的主人是你啊。接著會先去聯絡對方，久違地關心近況，然後再當面送出這個陶器。一開始可能會覺得很丟臉，畢竟這種充滿誠意的禮物很肉麻，但還是試試看吧！」

「也是，我廚房裡的餐具也已經夠用了，浩亞的碗也夠多了。」

「能收到妳的禮物的人還真好。」

「我的作品大部分都是歪七扭八的啊？」

「都是因為想把它做得更好，才會一直出手修改，所以才會歪七扭八啊，那些誠意都是看得見的。」

基植的聲音溫暖撫過正珉，被他的音頻迷惑，正珉盯著基植看了一陣才趕緊把頭撇開。不管是陶土的重心或心裡的重心都很混亂，她一面讓自己發熱的心冷卻下來，也朝顧著跟基植聊天而失去水分的陶土噴水。陶土因為吸了水氣，顏色變得明亮一些，也更柔軟了。在陶輪上跳著舞的陶土其實什麼都不是，終究還是要撐過窯裡一千兩百五十度高溫，烤成一個好看的碗盤並擺在某個人的廚房或桌上時，陶土才會有名字。只有在接觸到人，裝了什麼東西之後，陶器才會像穿透堅硬土壤而出的嫩芽，擁有生命力。因此，拋棄那個對還沒找到重心的陶土感受恐懼的態度吧，只要慢慢環顧四周，陶土就會不知不覺找到重心，正珉就能想到陶器的主人是誰。

正珉再次抓住陶土，兩手捏著它，並把掛在心中展間的肖像畫一一丟掉，用力把土柱捏成長條，打掃內心的展示間。接著再把土柱壓扁，打開內心的展間門，現在是讓身邊珍惜的人的肖像畫進來的時候了。

「這程度感覺已經穩住重心了耶？」

因為基植那句輕飄進耳裡的一句話，正珉才終於能知道又有什麼東西開始運作了。日常生活不會因為學習新東西就像施展魔法那樣產生改變，她沒有任何偉大決心要用興趣改變生活，現在賦予自己的任務就只有尋找這個陶器的主人而已。偶爾會面臨那種什麼事都無法帶來安慰的瞬間，對正珉而言，今天就像是那天，但基植為她送上了例外。彷彿不期不待地吃下一顆家用常備藥，就讓不管吃什麼藥都沒用的頭痛煙消雲散的感覺，腦子也清澈了許多。

三十個，是正珉在兩週內用陶輪做出的器皿數量，也是她決心要做出跟自己年紀一樣多的器物來練習的成果。這是在模仿用年紀的數字去訂定很多目標的基植的習慣，當然那些器物反覆著變回土塊又變成器物的過程，把這三十個土塊混在一起，最終留下了兩個器物。一個是在曹熙幫忙把器物末端收攏才終於變得像樣的花瓶，另一個則是又低又寬的盤子。雖然這跟準造型完美的作品，或是基植設計獨創的花瓶無法比擬，但正珉很滿意，她開始抓得到重心了。

「妳有想過要把花瓶送給誰了嗎？」

「我要送我媽。」

出乎意料的是，正珉的嘴裡立刻說出答案。她也沒有特別明確地把「媽媽」放在心裡，但就是蹦地說出口。

「她肯定會很喜歡。」

其實要用陶輪捏陶這件事非常辛苦，正珉根本沒餘力去思考要送誰，但一聽到基植的問題，卻好像已經等待許久，立刻給出答案。她也在不知不覺間，一直在內心深處想著某個人的臉了。

「那另一個呢？」基植指著寬扁的盤子。

「我還沒找到主人，我怕會有像不懂得看臉色的遲到學生那樣、後來才想到的人，想說先保留。」

「妳對遲到學生還真體貼呢。」

基植說他要去趟房中那邊就先起身整理座位，準備創業的他只能把週末時間切成好幾段零碎使用。基植裝忙到了極致準備要踏出門，結果又站在門前磨蹭一陣子，然後又突然走向正珉，說晚點一起吃晚餐。

「我很快就回來，不會讓妳等太久的。」

那個人根本不曉得這句話對正珉而言代表什麼意義，以及宣示著什麼樣的可能性，就大步踏出工坊了。正珉在那之後就沒辦法專心了，感覺自己變成一條全心全意等著主人回家的小狗狗。在基植傳訊息說他到工坊門口時，正珉幾乎是秒回的速度，用滿手陶土的指尖敲打鍵盤，也多虧於此，手機螢幕沾滿了土。

「三明治可不行喔，我今天有做事，現在超餓。」

正珉坐在副駕，非常嚴肅地先講白，她今天真的非常有自信能吃很多。基植也附和她今天只吃三明治是絕對不夠飽的。抓著方向盤的基植左手第四根手指沒有戒指，但是有一條皮膚特別白的環。確認他的左手已成了正珉的習慣，每次進工坊有沒有戴戒指，出工坊的時候有沒有重新戴上……會這麼注意他的手指，或許是從她第一次在工坊遇到基植開始的吧。

「看起來你很常忘記戴戒指喔？」

「啊呀，我又忘記帶走了，總是挑一些會被罵的事做。」

基植的左手抓著方向盤，隱隱藏起無名指。

正珉引導基植前往以前結束直播後常會自己去吃的白切肉湯飯，這是她想在看起來疲憊無力的日子，帶基植一起來吃的店。但離職後就再也沒來過了，這次幾乎是睽違一年的到訪。招牌和店門依然老舊，這裡就像是那些為了忘掉平時在職場上所感受到的不合理和自愧而盡情喝醉的人們的秘密基地，在入座的年輕男女之中，正珉和基植是最年輕的。

「這家真的是美食餐廳，是只有日山人才知道的店，我特別介紹給你。二十四小時營業，招牌是白切肉湯飯，大腸火鍋的好吃程度也不輸招牌，但因為分量比較大，至少要三、四個人來才能點，今天比較可惜，就只能吃白切肉湯飯了。」

「光是白切肉湯飯就夠讚了，大腸火鍋之後再來吃吧。」

湯裡裝滿了不屬於主流的配角肉，讓石鍋十分沉重，還有非常濃郁的高湯，正珉喜歡一開始先喝比較清淡的湯，到一半再加調味料吃辣一點；相反地，基植從一開始就加滿調味料讓湯變成紅湯。度過辛苦一天的兩人非常認真吃飯，只有一兩次簡短的讚嘆，直到正珉在湯裡加調味料，基植才開始講自己的事情。

「其實我今天去房仲那邊不是為了新開的工坊，是因為我現在的房子要賣了，有人要來看房子我才去幫忙開門。我的工坊決定要開在高城，所以現在也準備把家搬去高城那邊。」

「高城嗎？」

因為調味料的關係，湯變得很辣，正珉被湯卡在喉頭而不斷咳嗽，基植遞了一杯水給她，接著說：

「那是我的故鄉，因為父母都很忙，在我國小畢業前都跟爺爺和我弟住在高城。能看著小時候看到膩的大海，做自己喜歡的事是我一直以來的夢想跟憧憬。比起人很多又閃爍著無情燈光、充滿活力的城市，我可能是比較適合待在寧靜鄉下的人吧。對了，我打算在開工坊之餘，也要開一家小咖啡廳，不是甜點配濃縮咖啡，而是根據不同杯子來配對濃縮咖啡。這是曹熙老師給我的點子，不過我這樣洩漏事業計畫是可以的嗎？」

基植最後那句話有點自言自語似地講完，喘了口氣接著說。

「為了準備不在計畫中的咖啡廳導致期程有點延後，但最晚應該到十二月都能整理好吧，開幕應該會在三月，在那之前打算先過去休息一下，但真正的問題出在女朋友。」

基植攤開空虛的左手，雖然正珉不想聽他談論跟亞拉有關的事，但還是努力強裝鎮靜傾聽。

「我有找亞拉一起去高城，感覺把咖啡廳交給她處理也不錯，我也知道這個想法很自私。亞拉是公務員，我也在她身邊看著她為了當上公務員度過多辛苦的時間，所以如同我的預期，她立刻拒絕了我。其實在我一開始說想把上得好好的班辭掉，要去創業的時候，亞拉就已經不太滿意我的決定，是一直到她前陣子上過一日課，才終於明白我這兩年來學習陶藝的真心，也才認同我的決定。」

「但遠距離戀愛……應該也還行吧？」

壓抑住不曉得該高興還是該可惜的心情，正珉好不容易才說了這句話。

「畢竟也只有這個選擇了，所以我打算不管再辛苦，直到結婚前也要好好撐著。但她說她絕對沒辦法接受遠距離，畢竟這不是首爾跟京畿道的距離，而是江原道。兩人之中必須有一個人放棄，但在各自都不願意放棄的緊張狀態……喔不，已經過了那個狀態，現在已經變成鬆鬆垮垮的狀態了。」

基植低下了頭。

「一日課那天，她看起來是真心為你加油的耶……」

「但無法理解的事，不管怎麼做都還是無法理解的。」

作為朋友六年，發展為戀人也四年了。基植在退伍後，大學復學交到的第一個朋友就是亞拉，他一方面覺得彼此是很好的朋友，也在心中留下發展為戀人的可能性，但亞拉就不一樣了，她認為朋友就是朋友，戀人就是戀人。然後在亞拉痛哭著說出「天下的男人都一樣」時，基植是說著「就當作是被騙，跟我交往看看吧」才說服了她。亞拉一方面害怕失去朋友，但也沒有保留對這番告白的答案，她痛快地說「好啊」就一把抓住基植的手。因此，基植必須一直很努力，當亞拉突然說要當公務員，開始進入考生生活時，基植也非常相信她，至於對方為什麼突然作出這種選擇，就也不重要了。

三年後，亞拉考上公務員，兩人第一次去了海外旅行，目的地是下了很多雪，銀白世界札幌。但在旅行第一天，亞拉在不是很完美的旅館裡坦承自己的倦怠，基植隔天在附近藥妝店買了一次性底片相機，在旅途中拍了很多亞拉的照片，然後像個第一次告白的人，在那些照片背後寫下文字。「交往吧，我們交往吧，就像第一次那樣。」基植為了獲得女友芳心，每次都用新方式展現自己的努力。

交往四年中有三年都是亞拉的考生生活，剩下的一年則是倦怠，和相處的時間比起來，內容並不充實。或許也是因為這樣，兩顆心變得疏遠也花不到幾天時間。在基植對亞拉第一次說出高城這個地點的瞬間，分手這台列車就已開始加速，感覺這台分手列車打從一開始就停在基植和亞拉的關係裡，因為一個詞導致突然加速，開始了這個怪不了任何人的自然分手過程。

「那你現在的心情如何？」

正珉小心翼翼地問。

「比我想像中更沒事，因為在一年前亞拉拿到正式分發令後，我們的關係就一直很顛簸，但發現彼此心意都在快速冷卻時，會覺得空虛也是無可奈何吧。」

愛情長跑的戀人通常都不能像數學公式一樣俐落分手，在兩人的線慢慢朝著兩條平行線走的緩慢過程，每個瞬間都是離別。

「今天吃白切肉湯飯的選擇，很不錯吧？」

「真的很讚！從食道到腸胃，甚至腳趾頭都暖和起來，也有被填滿的感覺，謝謝妳跟我分享妳的私藏店。」

「雖然我不是大胃王也不是老饕，但美食餐廳的資料也不輸其他人。別看我這樣，我其實也做過美食餐廳探訪節目喔，我筆電裡的試算表可是有著全國八道的餐廳清單、招牌菜、位置跟聯絡方式，很牢靠吧！」

正珉不想讓基植有任何感到空虛的機會，轉移了話題，然後一面把身為無業遊民的自身處境挖出來分享，努力稱讚基植是個多進取又帥氣的人，就算是用這種自爆的幽默，也想讓現在的基植覺得自己是個還不錯的人。基植雖然看起來開朗，但在那笑容後面也映照出深層又黑暗的情緒。

正珉持續不給基植任何閒下來的機會，如同智慧所說，吃美食雖然非常直觀，但也是能最快把心裡填滿的方法。吃飽後，正珉立刻拉著基植前往鮮奶油鬆餅店，香蕉巧克力鮮奶油鬆餅和藍莓義式冰淇淋鬆餅，基植乖乖照著正珉的推薦點餐。對甜點也有獨到見解的基植才吃了一口鬆餅，就表示他以後對正珉推薦的美食餐廳絕不會有半點懷疑。

看到像個天真孩子吃著鬆餅的基植，正珉這才安心下來，她也不知不覺跟著基植漾起微笑。至少在今天，分享回憶的兩人笑起來真的非常相像，這個相像的笑容有「一天」的期限，正珉在這短暫時間裡覺得黯淡，但又慢慢地想持續露出跟彼此相像的笑容，想在基植離開前多一點見面時間的野心，也不自覺擴大。

基植開車送正珉到社區前，正珉道謝後正打算下車，卻發現車門打不開，她回頭看基植，發現他敲打著自己肚子詢問：

「有點消化不良，要不要散個步？」

兩人走遍了點綴著燈光的栗刺村各處，不曉得是不是夜已涼，走在路上老是被只剩空栗殼和尖刺的板栗絆住。正珉阻止為了找到完整板栗而在地面翻找的基植，她說被刺到會很痛，基植問正珉有被刺過嗎，正珉這才把去年秋天的事告訴他。以此為開端，兩人開始分享與路上遇到的事物有關的過往。

路過國小門口時，基植講了他在高城讀小學的故事。他是個很莽撞衝動的小鬼，但同時也是個看到學校附近被譽為「全國最美教堂前三名」的白色教堂時，會想在這種地方結婚的浪漫小鬼。

走過舉辦寫作講座的獨立書店門口時，正珉聊到她喜歡的作家江國香織的作品。她是在青春期時讀完《冷靜與熱情之間》，曾向英文家教老師害羞告白「很喜歡悲傷愛情故事」的文學少女，以及她直到現在也還不能完全理解主角心理的《沉落的黃昏》，還有以前曾夢想成為韓國的江國香織，當戀愛小說大作家的丟臉過往……基植跟呼吸一樣自然地說出「妳把妳的文章出版應該很不錯」時，正珉這才發現跟基植一起度過的這個夜晚有多令人悸動。她一面找藉口說天氣冷，一面把發抖的手塞進羽絨外套的口袋。

經過裝潢店時，正珉才知道基植父母開了一家小小的裝潢店。基植的父母非常喜歡向他人炫耀子女學歷和職業，是非常表面又浮誇的人。這種誇飾的言行舉止就跟把老舊公寓或田園別墅翻修，還擦拭到外觀會閃閃發光的行為很相像。基植說，自己就像畫在小冊子的各種磁磚之一，這塊磁磚必須刻上首爾某大學出身、就職於某大企業、開某牌汽車等等內容。為了成為父母能自豪地向他人炫耀，拿得出手又極具魅力的昂貴磁磚，他不曉得花費了多少努力，基植搖搖頭說。

暫時沉默的他突然問：「講到大海會想到的顏色是？」

「一、二、三。」

「綠色。」

兩人同時回答了綠色，然後很熟稔地擊掌。現在知道要在哪個位置，用哪一隻手，手比成什麼形狀擊掌了。正珉是因為想到度假勝地的大海才回答綠色，但熟悉蔚藍東海的基植答案卻很令人意外。

「對我來說大海並不是那麼冰冷的，那是有很多回憶的溫暖空間，所以我才會不自覺地想到湖水綠。」

基植的說明非常簡單，正珉沒有硬要去理解他的說明，只是單純地接受了它。

當路過以外送為主的小豬腳店時，基植得知正珉的媽媽也是豬腳店老闆，然後正珉也才知道基植以前把豬腳和麵線當成靈魂食物在喜歡，但自從某次嚴重消化不良後就再也不能吃了，正珉也輕輕附和地說自己也對豬腳膩了。

把原先不知道但跟彼此有關的碎片補上之後，最後抵達了工坊門口，標題的「&」依然沒有塗掉。

「雖然我也喜歡以前會有新鮮花香的工坊，但我更喜歡現在。」

「花香嗎……？塑窯工坊以前也賣過花嗎？」

「除了賣花，也會用花瓶插花，雖然是再也見不到的光景了。」

基植說這句話時，露出非常悲傷的表情，就像第一次見到的人一樣陌生。

雖然正珉有很多問題想問，但她什麼都沒問出口。

「真好奇基植的工坊會是什麼樣子。」

「我現在也還想像不出來。」

基植對自己的工坊還沒什麼自信，他之所以能持續享受陶藝，應該是因為工坊的會員們，但在沒有他們的空間裡，自己一個人也能做好嗎？不為人知的憂慮也像老人皺紋上的老人斑擴散開來。

雖然夜晚很長，好像能無止境地走下去，但栗刺村沒有大到足以乘載兩人綿延不斷的話題。最後兩人踏遍了各條巷弄街道，爬上上坡後，又再次回到正珉家門口。

基植今天很反常地想向任何人分享自己的故事，也因為自己太多話而難為情。那個「任何人」也讓正珉的右眉微妙上揚，她很想多問一句為什麼對方會在那麼多的「任何人」之中選擇自己，但比起態度曖昧的基植，更糟糕的其實是她自己。聽到對方跟亞拉已經踏上邁向分手之路時，自己也老是不由自主地預測著可能性，產生幼稚又自私的想法，正珉複雜的心情也讓她忍不住發出了低嘆聲。

「發生什麼事了嗎？」

基植溫柔的眼神幾乎要讓正珉忍了一整天的情緒爆發，接著轉變成什麼都不管了的心情。

「你還記得我剛來工坊時的戒指事件嗎？」

「當然，那時候妳不是對我超級愧疚的嗎？」

「我一開始看到那個戒指還想說，換作是我應該不會選擇這種設計，我應該會選更適合彼此的款式。」

基植一頭霧水地看著正珉，正珉遲來地發現自己到底說了些什麼，有種原本喝醉但吹了冷風突然清醒的感覺。她趕緊打開車門，衝進屋裡。她的耳朵很燙，但既然都這樣了，她希望基植回家後可以多想一下她，就像今天直到深夜也還沒完全消化的食物那樣，希望這能讓他一直在意著自己。

鈷釉的藍色花瓶

漆上鈷釉這種淒涼又神秘的藍光，經過燒窯的花瓶比想像中更漂亮。借用曹熙的說法，基植這個在花瓶加入直條紋以減輕重量的點子，真的非常「優秀」。用凹雕方式加上紋路，有了正珉想要的復古感，手握時也更穩定。

正珉回家後，把曹熙幫她緊緊包裝，不會破掉的報紙攤開，再挑一個家裡多得要命的購物袋重新包裝。雖然她曾考慮過要不要買個像樣的包裝紙和盒子，但她實在不是個這麼撒嬌的女兒。收起做這種肉麻事的念頭，正珉躺在浩亞旁邊，浩亞在毫不知情的狀況下做出牠好像什麼都知道的行為，牠舔起正珉因為整天都在捏陶而乾燥的手，正珉輕輕撫摸著體溫更高的浩亞睡了午覺，浩亞舔過的地方又再次變得乾燥。

小睡片刻醒來的正珉換了衣服，她明知允在的豬腳店星期六最忙，也還是立刻出門朝著首爾前進。雖然也不算太遠，但正珉很少會去找允在，這家位於市場裡的大餐廳因為美味而開始出名後，客人總是絡繹不絕，隨著時間一長，生意越來越好，也擴建及翻修了好幾次。

正珉很討厭這個跟市場很不搭的乾淨餐廳，而且之所以會出名，一方面是因為這是從正珉高中時期就在營運的老店，但在數年前上過由正珉製作的美食餐廳節目才是主要原因。正珉並不是太樂見會很驕傲地說自己上了女兒節目的允在，畢竟當初只是因為她被找餐廳的壓力追著跑，這也是她所能盡的孝道之一而已。

餐廳正面寫著正珉當時所在的節目LOGO，以及用老氣字體寫的「NBC《幸福晚餐》美食餐廳！」的偌大標語。下面還掛著播出畫面的截圖，允在正在烹煮特級機密豬腳藥材高湯，正珉努力忽視那個在照片裡笑得很開心的媽媽，打開店門。

「正珉妳來啦？好難得。」

允在的男友沙啞地迎接她的到來。

「對，我忘記先打電話就跑來了，但只是來一下而已，很快就要走了。」

幸好還是一年前見過的那個人，正珉每年來到這家店，允在的男友總是不同人。他滿臉通紅，短髮，總是繫著突顯自己精瘦身材的黑腰帶。允在身邊至少換過十個男人有吧，但她喜歡的男人大部分都是這種類型，只有名字和臉在變而已。

對於跟爸爸分手後戀愛就不間斷的媽媽，正珉一開始是無法理解的。允在的戀愛觀雖然也成了正珉的傷口，但她也沒辦法公然表現出來，因為要是自己講了什麼，允在就會露出一臉怎麼連女兒都不懂自己的傷心表情，重擊她的心臟。和爸爸那段可怕的婚姻生活讓媽媽變得孤單，在唯一的女兒也不在身邊的狀況下，總是需要有個人依靠。正珉開始打工的二十歲初期，那個像逃家一樣離開的自己也是造成媽媽孤單的原因之一，所以正珉決定再也不怪罪媽媽的戀愛方式。

撇下要招呼剛過休息時間就湧入的客人而暈頭轉向的叔叔，正珉靜靜地進入預約包廂後方的員工休息室，坐式餐桌和多的椅墊排成兩列，休息室裡擺著大量進貨的薄荷糖和綠色牙籤紙箱。正珉小時候都在這個狹窄的房間寫作業，每個員工都以一日老師自居，偶爾會幫忙看作業。他們通常短則一週，長則一兩個月就會更換，從手藝很好的六十歲廚房阿姨，到太會看客人臉色，高中剛畢業的二十歲姐姐，馬不停蹄地與正珉擦身而過。他們一邊替正珉看作業，一邊哀嘆著自己辛苦的生活，有時候也會臭罵當時的年輕老闆允在。

聽到媽媽被罵，正珉倒也不生氣，因為她覺得那些人也很可憐。靜靜聽著那些人的故事，總覺得每個人都在努力讓自己的每一天更加不幸。他們好像覺得自己的生活才是最可憐的，好像在進行誰更可憐的比賽，但會不會就是因為這樣，才會每個人都為了變得更加可憐而活著呢？比起「不幸」，用「可憐」來形容還更貼切。但至少在打烊後，大家一起坐下來吃遲來的晚餐時，每個人都是笑著的。炒海帶絲和鯷魚，說著喝酒時要少吃碳水化合物，阿姨們用醬油碟添的三口飯，還有沁涼的啤酒，他們希望能藉此將一天的疲勞一笑置之。正珉雖然極度不想見到那令人無言的笑容，但也還是只能不發一語地坐在原位。在他們沒有規則與一致性的言談中，正珉也放棄尋找脈絡，只能察言觀色。在吃完飯也仍不停歇的談笑中，正珉因為腿麻而坐立難安，每當這時候，允在總會在桌子下方緊握著她的手。

也不知道允在丟下忙碌的餐廳跑去哪了，都沒看到人。正珉一面等著媽媽，一面試著將搭乘地鐵，沿途緊抓著而皺成一團的再生紙購物袋攤開，但看起來是無濟於事。

允在輕快打開休息室的房門，雖然已經好久沒見了，但又好像每天見面一樣地說。

「吃飯了嗎？」

「吃飽了，妳剛剛去哪？」

「藥材不夠了，去了趟市場，妳要是禮拜一休店的時候來還能一起吃個飯。」

「沒關係，我是因為有東西要給才來的，馬上要走了。」

雖然是久違見面但也沒有任何開場白，正珉直接切入正題，允在的神情也沒有一絲難過。

「怎麼回事？女兒居然有東西要給我？」

「我最近有在陶藝工坊上課，在那裡做的。」

正珉彆扭地遞出購物袋，實在太難為情了，她連直視允在的眼睛都沒有勇氣。

「是妳自己做的嗎？」

「嗯。」

允在直勾勾地看著陶器，外頭碗盤碰撞的聲音、電視的聲音、拉椅子的聲音和說話的聲音混在一起，所以十分嘈雜，但這個小房間卻好像身處在跟外部完全斷絕的時空膠囊的感覺。

「妳知道我有插花證照嗎？結婚前有短暫上過課，因為我太喜歡花了，每個週末都會去上課。還下定決心等我老了，一定要過著與花為伍的生活，結果別說是花了，每天都在切這些熱騰騰的豬腳，真是搞不懂人生。」

「原來妳還有過這種興趣嗎？」

正珉第一次知道允在喜歡花，而且竟然還有插花證照，這讓她更加深了媽媽也是個女人的認知，而那個顯而易見的事實也讓正珉心裡一陣翻攪，是不是她們在這段時間省略了太多對話？衝出箱子的薄荷糖香氣讓空氣變得有點嗆辣，不知道是不是因為這樣，連眼睛都覺得辣辣的。

「當然，只是我現在的手已經破爛不堪，又很僵硬，已經是不適合花的手了吧？但我偶爾還是會想像成為花藝師的自己，被以前待過的雜誌邀訪。要是真的實現了會怎麼樣呢？當然賣豬腳也很好啦，畢竟我也用這個把女兒好好養大了。」

「哪有好好養大，明明是我自己好好長大了。」

正珉沒神經地說出這句話，但視線卻看著下方，然後又有點後悔地低聲說。

「早知道就買花來了，現在一時間沒東西可裝。」

「妳下次再買給我吧，就算找點理由也好，常常回來吧妳！」

允在耍嘴皮子地笑了。

此時有人敲了門，正珉第一次見到的中年員工微微開啟小房間的門，拿了兩杯即溶咖啡進來。

「聽說女兒回來了是吧！哇，長得跟老闆很像，很漂亮呢！」

允在笑著開始炫耀正珉「身為節目企劃的女兒」……雖然已經是過去式了，但正珉錯過幫忙修正的時機，只能尷尬地露出笑眼。在差不多聽累了允在炫耀子女之際，員工又為了去準備晚上的生意，離開小房間。多虧了這個把炫耀女兒當成小菜一樣送給客人和員工的媽媽，只有正珉獨自覺得害羞。

「最近生意還好嗎？」

為了減輕難為情的感覺，正珉啜了口咖啡問，即溶咖啡的甜味襲擊她的下巴。

「差不多，妳的工作呢？」

「已經辭職了，一年前。」

正珉淡然地說。

「我正好也打算叫妳別做了，我看節目企劃真的太常熬夜了。」

允在不可能不知道正珉離開節目的事，正珉最後製作的節目觀眾層是以中老年層為主的知名紀錄片。在節目尾聲的片尾名單開始捲動，大家都開始轉台時，允在是會抓著遙控器不讓客人轉台的人。「那個，會出現我女兒的名字。」這樣的她是不可能錯過片尾名單的正珉名字消失，改放其他企劃名字的事。

「還是我要繼承妳的店啊？」

「孩子！這可不行，妳是絕對不可能幹餐廳的。」

允在對於正珉像在剝巧克力塊一樣輕拋的一句話有強烈的反應，「我要開餐廳」是媽媽最討厭的一句話，正珉趕緊垂下尾巴。

「認真想想，我早就對豬腳膩了，我也不想做。」

「妳就該去做在桌子前寫作的工作。」

「這個腿會麻，我也做不來。」

聽到正珉這個不夠痛快的回答，允在笑得苦澀，這個笑容就跟正珉在大學時期不再投稿《新春文藝》時的微笑一樣。

正珉原本的夢想是當小說家，從國小開始，小說就是她的藏身處，也偷偷揣著想成為小說家的願望。因為成績落點才讀了日文系，但也沒上幾個學期就休學了。一整年的時間裡都在不斷寫些什麼，有時候會是某種文章，有時候也只是不完整的文句或段落，又或者是一些亂七八糟的詞彙。結果當然是毫不意外地，統統在徵文比賽中落榜。落榜原因也是各式各樣，但最大問題在於小說登場人物只有一個人，僅用即使在夏天也穿著長袖長褲，連季節是怎麼過都不曉得的主角A的想法和獨白填滿整部作品，是不怎樣的小說，當時的小說只是跟笨拙又傻氣的自己的對話紀錄而已。

感覺成為小說家的可能性渺茫，於是正珉與現實妥協，成為雖然能繼續寫作，但可以不用寫自己故事的節目企劃。只要把別人的故事，透過別人的嘴巴傳達就可以了，雖然她是在後來才發現，自己就像小時候遇到的豬腳店員工，是為了讓自己更加不幸才選擇這份工作，但她也不是特別在意。與其糾結著不夠好的才能，自我折磨地給自己充滿希望的幻想，還是成為對工作倦怠的人更加心安。

花瓶只是要來見媽媽的表層理由而已，正珉覺得好像該把遇到珠蘭的事告訴媽媽。

「媽，其實我不久前有遇到珠蘭跟叔叔。」

「怎麼會？」允在有點驚訝。

「在工坊遇到的，叔叔有在上身障人士的陶藝課，說是把首爾的房子賣了，在日山生活。」

「不曉得他過得好不好……」允在有點五味雜陳，話也沒有說完。

「看起來還不錯，我一開始也沒認出他，叔叔也沒認出我。」

「還真的過了很長一段時間呢。」

似乎忘了正珉還在面前，允在一臉茫然，感覺是聽到女兒說的話暫時回到過去。但看到那個表情就好像在照鏡子，也讓正珉起了雞皮疙瘩。正珉的臉雖然比較像爸爸，但表情更像一起生活的允在。

在記憶中翻攪了好一會，重新回到現實的允在問：

「對了，妳知道珠蘭結婚了嗎？」

正珉皺起眉頭。

「妳怎麼會知道？」

「兩年前見過一次，在她快結婚之前。聽說是個牙科醫師，看起來人很不錯，也很善良。我知道講到珠蘭妳會比較敏感，所以才沒講。」

正珉有點受傷，原來這兩個人見面還瞞著自己啊，只要講到珠蘭，母女的對話總是會變得特別惡劣。

「我們哪有什麼臉見珠蘭啊？」

「不是我去找她的，是珠蘭自己來找我的。她說她想跟我道歉，說是對妳做了不該做的事。雖然我不知道是什麼事，但既然都遇到了，妳也趁這機會把那些陳年舊帳都刮下來丟掉吧。」

「為了減輕自己的罪惡感，讓自己心情好受一點的道歉，我不想做，也不想接受。」

正珉非常堅決地說。

「所以妳要一輩子背負著這些罪惡感生活下去嗎？」

允在鬱悶地抖動著身體。

「我怎麼能忘？怎麼有辦法若無其事地生活下去？至少我們也得代替爸爸

記得這件事情吧？這樣才對啊，媽。」

「沒有任何人說是我們的錯啊，正珉，可以了。像隻刺蝟帶著刺，讓任何人都無法靠近自己的生活，到頭來就只有妳自己痛苦而已。」

「我知道……我知道是我自己抓著愧疚感放不下。」

心裡有一根柱子綁著那天的記憶，讓正珉每天都能面對它，這是她給自己的處罰，感覺得像這樣鞭策自己，才能稍微減輕罪惡感。為了將痛苦縮小，就只能用更大的痛苦去覆蓋。

「人可能想被原諒，也想原諒對方，如果妳下次再遇到珠蘭，就跟她說妳真正想說的話吧，我也是在那時候見過珠蘭才變得比較輕鬆一點。」

允在的聲音有點啞。

壓抑在心底的這股痛苦會變得輕鬆一點是什麼感覺呢？會像剛出生的孩子早上睜開眼睛，無憂無慮的感覺嗎？還是能找回無須假裝的燦爛笑容呢？正珉小心翼翼地想像著她在這十三年來從來不曾想像過的解放。

「……我先走了。」

正珉用手揉揉發麻的腿，正要離開前又回頭對允在說：

「啊，我之前都對家人沒什麼期望，但最近有了一個期望。」

「是什麼？」

「希望妳能找到真正愛妳的男人，跟那個人過得幸福。」

允在一臉認輸，噗哧笑了出來。

「我會努力，但我也有件事要拜託妳，不要忘記妳是只吃妳喜歡吃的東西長大的，我是指那些要熬煮多時的牛骨湯，或非常麻煩的料理，或是那些偶爾要生吃才能得到最多營養價值的珍貴食品，我覺得妳有時候都忘記這件事了。」

允在覺得只要顧好孩子的三餐，好好吃飯就是盡到身為母親的責任了，她以為孩子只要吃下那些精心製作的料理，就會好好長大，雖然她是到後來才知道這並不是全部。

「我當然沒忘，也多虧於此，我才不像妳，身高長得高啊。」

對於媽媽的拜託，正珉的回答雖然很不以為然，但仔細比較了一下，媽媽的拜託搞不好才更難達成，因為當生活感到辛苦疲憊時，她最先放棄的就是對家人的記憶，才能減輕生活的重量。

允在的男友雖然跑出店外拉住正珉，要她吃過晚餐再走，但正珉撒謊說隔天星期日還是得上班，甩開了那隻手。允在知道女兒說謊，但也沒有揭穿她，但她叫男友去隔壁水果行買了一袋水果，交給正珉，青色的柿子和紅色的蘋果裝滿了兩大袋。

「下次來再一起吃飯吧。」

抱著胸的允在對著正珉的後腦勺大喊，正珉沒有回頭但點點頭，她覺得自己跟媽媽的關係，比起家人反而更像戰友，是一起撐過那時期的沙場戰友，所以這個距離剛剛好。

回家的地鐵上，正珉猛地把一顆紅蘋果遞給坐在旁邊的奶奶。她指著那顆蘋果，對搞不清楚狀況又一臉詫異的奶奶說：「因為現在吃剛剛好。」奶奶把蘋果珍藏地收進小小的布手袋，笑著說了聲謝謝，感覺青柿子還要再熟一點才能吃，就沒給了。

當地鐵從地底朝著地面探頭，正珉把基植先拍好的花瓶照片，連同短短的文案一起上傳到工坊ＩＧ，這是跟「送出陶器的心意」有關的小說，窗外看得到漢江，正珉風衣上的豬腳味也不知不覺消散，只剩下甜美的水果香。花瓶還是空的，邊思考著什麼樣的花適合那個藍色花瓶，正珉看著灑落在秋天漢江表面的夜光閃閃，好久好久。

陶藝家妻子與花藝師丈夫

正珉從附近新開的咖啡廳外帶咖啡後，前往工坊。平日通常只有曹熙和智慧在工坊，加上正珉總共三杯——招牌飲品維也納咖啡、基本的黑咖啡，以及在國外學咖啡的老闆非常自豪的冰滴咖啡。擔心咖啡涼掉，正珉加快腳步。她還先交代曹熙，因為附近開了新的咖啡廳，今天先不要煮咖啡，等她到了再喝。工坊的咖啡當然也很好，但去探索栗刺村裡好喝的咖啡廳也變成正珉另一個興趣。

遠遠就看到工坊裡熙熙攘攘，擺在工坊外的許多花盆即使在冰冷空氣中也感覺充滿生機。從已經敞開的大門可看到有客人到訪，是正珉第一次見到的兩個男人。

「正珉，妳來得正好！」曹熙笑瞇瞇地迎接她。

「好多人喔，今天有什麼活動嗎？」

「沒有，是巷子裡新開的日本料理店老闆要來買餐具。」

「真的嗎？」

正珉用連自己也沒意識到的音量大聲說完，慌張地趕緊閉上嘴。

「老闆，這位會員負責管理我們的ＩＧ。」

正在確認箱子裡的碗盤數量的日本料理店老闆勝昊對曹熙說的話很感興趣，也向正珉問好。

「我有追蹤工坊的ＩＧ！原本還在思考要去哪裡買餐具，是看到工坊ＩＧ過來的，特別是最近連載的心意系列，我都有認真看喔！」

「謝謝你的支持。」

正珉不知道該做何反應，有點難為情，這是她第一次遇到除了會員以外，讀過自己文字的讀者，她一方面覺得難為情，但也很欣慰。

「宣傳文案很有魅力耶，是把心意裝在碗盤裡的那句話讓我來到這裡的，既然成功影響一個消費者，也算是成功了。」

「也是因為曹熙老師的作品本來就很優秀，才有辦法想出這個點子。」正珉瞄了一眼箱子裡的碗盤，裡頭裝著有土黃色煤煙的湯碗、四方形的生魚片盤，以及跟盤子相同底色，印有藍色鵝卵石花紋的小碟子。

「老師的碗盤中，這系列是最適合日本料理的，您的眼光真好。」

「漂亮到幾乎是不知道該選哪個好的地步了。」

勝昊說本月中旬會正式開幕，到時候會邀請她們前往，便離開了工坊。曹熙指著層架上空了一塊的地方，不斷感謝正珉。從「送上陶器的心意」開始不斷上傳的「心意系列」發揮了宣傳效果，這也是正珉不敢置信的部分。

正珉買回來的飲料已經涼了，大家為了鎮定太興奮的心情也大口喝下肚，從結果來看，這飲料是冷得剛剛好。咖啡有三杯，但總共有四個人，沒跟正珉打過招呼的男人遠遠看著其他人喝咖啡的模樣。

「噢！瞧瞧我這記性，這位是我的研究所同學蒼太，是從日本來韓國留學的，現在在生活品牌韓國分公司擔任設計師，喔對，他韓文講得比我還好，不用擔心。因為我完全不會講日文，他為了配合我，韓文就變得很好了。」

這個尷尬坐在一旁的男人，終於在曹熙的說明下揭曉真實身分。

「曹熙，我才在想妳到底何時才要介紹我。」

「抱歉抱歉！這位是正珉，是你一直很好奇的那個ＩＧ管理員。」

看來對方已經跟智慧互相打過招呼了，蒼太走向正珉。

「終於見到面了！我想說最近工坊ＩＧ變得非常不一樣，但我認識的曹熙是不可能像這樣管理貼文，也寫不出這麼溫暖的文字，所以我才問她，她說是一個會員幫忙的，我一直都很好奇是誰，很高興認識妳。」

從剛剛的勝昊到現在，這些人一直讓正珉飛高高，對稱讚感到不自在的正珉扭著身體，像鸚鵡一樣不斷反覆著感謝之意。

「謝謝，我也很高興認識你。」

蒼太有個很特殊的氛圍，雖然跟曹熙年紀相仿，但笑起來有一點清新少年感。雖然自然鬈的頭髮四處亂竄，但看起來卻完全不亂。他待的生活品牌是幾乎在全世界每個城市都有一家分店的知名品牌，正珉也很熟悉，或許也是因為這樣，讓蒼太擁有氛圍非比尋常的光環，蒼太身穿的栗色斜紋織褲，版型和皺褶細節也十分講究。

「因為這陣子工作太忙都沒空來，但看到ＩＧ發布重新開始一日課的消息，我就立刻跑來了。」

「你想說我是不是有什麼心境改變嗎？」

曹熙遲來地遞了一杯咖啡給蒼太，他口很渴，一連喝了好幾口。

「我不擔心啊，因為我知道曹熙是個很強大的人，只是來恭喜妳而已。」

透過兩人持續的對話內容，正珉才得知以前那個她未曾見過的工坊是什麼樣子，以及以後再也看不到這些風貌的事實。

塑窯工坊原本是由夫妻經營的空間，一邊是陶藝家妻子，而現在空著的桌子則是花藝師丈夫號洙使用。塑窯工坊的招牌寫的「Ceramic art &」後面原本還有「Flower」，擺在工坊門口的許多花盆是曹熙為了種號洙的花所做的。這對夫妻講到花和花瓶的順序，可以滔滔不絕也絲毫不疲倦。號洙要曹熙做出自由的花瓶，但曹熙反過來要他先說需要什麼花瓶。號洙很喜歡看著曹熙的花瓶獲得插花靈感，曹熙則是喜歡做適合號洙插花風格的花瓶，所以要做出一個陶器非常耗時，但花總在一夕之間凋零，這個速度差距也讓總為此爭吵不休的兩人，往往都是號洙占上風。

但在一年前的秋天，正珉剛辭掉節目企劃工作之際，號洙就被酒駕的車輛撞死，突然離開了人世。

正珉聽到酒駕這個非常刺激罪惡感的詞彙，在嘴裡反覆咀嚼著這幾個字，她這才突然醒悟，為什麼栗刺村會叫做栗「刺」村。栗刺村好像是言情漫畫的場景，只有人物的臉孔變換，但台詞都一樣。甚至讓人懷疑，所有登場人物跟處境是不是都用盡全力要把身處在洞穴的自己拉出來。浮出地表的過去陰影深深籠罩著現在，感覺不管再怎麼努力也還是無法跳到下一幕。雖然很想吶喊「你就繼續試試看，到底要這樣重演到什麼時候啊」，但感覺就連這種台詞也不容許登場。

那起意外後，曹熙就把工坊關了，因為一直以來她都跟號洙一起出門上班，現在要自己去工坊這點讓她難以適應。只要待在工坊，就老是有號洙會在鄰桌搭話的感覺，說著凌晨在花市買了什麼、這次的插花風格是什麼……曹熙足不出戶，以隱遁型宅女自居，也害怕踏進這個世界。曹熙抱著一大把悲傷躲進洞穴裡，唯一能觸及她的人只有蒼太。

曹熙的兩隻狗狗也是蒼太送她的，是原本公司養的流浪博美，以及正在尋找主人的米克斯，蒼太用「牠長得跟妳很像，妳負責養牠吧」這種荒謬理由就把兩隻狗狗送進曹熙懷裡。而這種事之所以可能發生，是因為蒼太正是替曹熙和號洙牽線的媒人，也是從婚禮到葬禮一起包辦大小事的朋友。蒼太是見證可愛陶藝家妻子和花藝師丈夫的夫妻之情的人。在蒼太的努力不懈下，曹熙才能慢慢重新站起來，工坊也才得以重新開張。

在曹熙回到工坊時，會員們都在等她。基植為了讓曹熙任何時候回來都能立刻開始作業，每個週末都會來打掃工坊，並管理陶土和窯，也會清潔陳列在層架上的陶器。智慧每天都會來一趟工坊，替外頭的花盆澆水，雖然因為不知道正確的澆水頻率和水量，花兒都謝了，只剩下仙人掌還活著。藝莉則是代替曹熙餵飯給浩亞吃，也幫牠做了名牌掛上，準則是在工坊重新開張的第一天就最先抵達等待。

美麗、悲傷、些許的神秘，塑窯是匯集了這些看起來很不適合的東西所打造而成的空間。正珉看著淡然地繼續說下去的曹熙和蒼太更覺得鼻酸，失去最深愛的人，被獨留下來的悲傷，要怎麼統統表達出來呢？正珉無法用數值估量，也放棄了想替那看不見的空虛秤重的行為，但她很明白不敢出門的恐懼。乾脆讓自己與世隔絕，作為一個不存在於世界上的人生活，真切希望能漸漸在人們的記憶中被遺忘，那種毫無對策的心情。聽完曹熙的故事，正珉有種更靠近她的感覺。

「一日課的申請人數越來越多，感覺以後要用到那張桌子了，不然位子會不夠。」

那是工坊開張時，蒼太作為恭賀用所送上的深褐色原木桌。直到一年前都還是號洙坐在那裡教人們怎麼插花，現在那張桌子是曹熙能在工坊裡回憶號洙的唯一空間，桌下貼的蒼太公司商標也已經發黃好一陣子了。

「如果妳願意的話再用吧，或是公司也還有新款原木桌，要嗎？比這張桌子的尺寸更大。」

「不用了，沒有比那張原木桌更讓我滿意的了，你記得嗎？我跟他還同時喊出『就是它！』啊。」

「也是，號洙特別喜歡那張桌子。」

蒼太把咖啡喝個精光，用沒有半點同情或悲傷的語氣說了這句話。正珉讚嘆著他們用自由自在的方式回憶故人與往事的豪爽態度與穩定關係，也再次看向那張桌子，想起之前自己曾經想用那張「不能用的桌子」，臉上不禁發紅。

四個人同心協力移動沉重的原木桌後，一日課的上課空間也變得更加華麗。大家一起喘口氣，圍著原木桌坐下。第一次坐在這張桌子的正珉有種既陌生又熟悉的感覺，坐在身旁的蒼太則向正珉搭話。

「對了，正珉妳之前是做行銷工作嗎？我看工坊ＩＧ貼文的文筆很不一般，有點像在讀短篇小說，也很像口袋書，有種自己親身在附近觀察著每篇貼文中登場的人物有靜，在做陶藝的過程中療癒心靈的感覺。也能透過小說得知對陶器付出多少心力，非常刺激購買慾，很懂行銷的重點。」

「其實我沒做過行銷，我以前是節目企劃，大學也是讀跟行銷無關的日文。可能是因為要寫出讓人想多看一眼，引人入勝的文章是我的工作，所以管理社群對我而言不是太困難的事。」

「果然！我們公司行銷部門也有同事以前是當節目企劃，他的實力也非常出眾，之前有一次跟其他品牌聯名的專案，因為行程出問題，必須在非常急迫的狀況下進行。我們都只能很慌張地不斷說著該怎麼辦，但他始終保持冷靜，因為他總能很快就把事情處理好，根本也不用其他人協助。我還問過他秘訣是什麼，結果他說，這個狀況讓他想起曾經在早上六點、現場直播一小時前，原稿全部都沒了的日子，他說人生中沒有任何一天比那天更恐怖。」

正珉忍不住大笑，確實，節目企劃多少都經歷過一兩次這種事，而且前輩之中也有很多人轉職到公司行銷部門或宣傳組，他們也常說「這跟節目運作速度比起來還好啦」。正珉嘆口氣說節目企劃是非常疲勞的職業，蒼太豪放地大笑。

智慧和正珉坐在陶輪前，蒼太則是在欣賞曹熙的作品。原本因為客人而有點鬧哄哄的工坊再次回到原本寧靜的軌道。曹熙回答蒼太對陶器的每個問題，正珉能從兩人的背影看到他們十幾年前是什麼樣子。曹熙和蒼太穿著滿身是土的工作服在校園散步，應該也像今天一樣喝了咖啡，當時的蒼太搞不好仍說著不太流利的韓文，還對曹熙說敬語呢，然後兩人的身邊也總是有著號洙。

蒼太遺憾表示他得回公司了，離開時還說會寄兩三張適合桌子的椅子過來，展現出他照顧曹熙的心意。而絕對不會隨便接受他人好意的曹熙，聽到蒼太的話也只是自在地點點頭。

正珉睜開眼睛的時間是降下深深黑幕的凌晨時分，街道上沉重的施工聲掩蓋著秋天清亮的蚱蜢聲，十分嘈雜，但黑夜與施工噪音卻很奇怪地合拍，也因此正珉才能忍住原想臭罵一頓的心情。除了正珉以外，就連栗刺村的街道也慢慢有了改變。原本貼著大大出租布條的商家一一開始翻新，各有特色的咖啡廳、年輕主廚們合作開設的餐廳、復古家具店與國內知名設計師品牌的展間等也陸續出現。社群平台上也開始出現一些「週末近郊約會路線」的口耳相傳，原本有非常多貓咪的街上，也有越來越多穿得很「潮」的人們，或是穿著細高跟鞋的年輕女性出沒。雖然街道上開始點綴活力是很好，但另一方面也很讓人擔心，害怕著小小的水果三明治店鋪、冰淇淋咖啡廳和塑窯工坊會不會消失。

正珉摸著在雙腿間找好位子、發出呼嚕聲的浩亞的頭，她非常肯定沒有太晚把浩亞收編是今年做過的事情中，做得最好的一件事。要不然浩亞搞不好會在工地或人來人往的腳步間迷路，甚至挨餓也不一定。秋天的蚊子猖獗，像圓形大盤子一樣的滿月照亮夜晚，迷失方向而藏身的心意，以及一直在等待著那份心意的心情，在遙遠之處燦爛閃耀著。

悲傷的傳說

正珉聯絡曹熙要請假一週，或許是連健康的人都會變得淒涼的季節使然，那股有氣無力突然又找上了正珉。雖然不算嚴重，但伴隨著涼風，閱讀障礙與缺乏注意力的症狀又開始微微顯現。正珉無法上傳工坊ＩＧ貼文，她用毯子蓋住桌面。一年前把電視丟掉真的是做得非常正確的事，不然她現在可能會拿起什麼物品砸爛電視也不一定。正珉只要一個人獨處就會變得非常火爆衝動，感覺要把在外頭壓抑下來的東西一口氣抒發出來，會對著半空，向她根本也不信的神發火。

曹熙回覆了她要請假一週的訊息。

——好，天氣也冷了，記得開暖氣。

就算是在四方形強化玻璃裡呈現的硬邦邦電子文字，也能乘載感情的力量嗎？曹熙不會刻意要進入他人的領域，比起詢問造成對方心情如此的原因，她總會送上溫暖的咖啡和甜麵包，讓對方自己侃侃而談。感覺她的咖啡裡好像加了什麼特別的藥，在咖啡入胃的那一刻，人們要不是已經開始訴說，就是已經說完了。喝咖啡的人會吐出大約五口身上原本的毒氣，用一張跟剛走進工坊時截然不同的臉孔離開。

正當正珉打算關掉手機畫面時，曹熙又傳了一則訊息。

——不做作業也沒關係，來一趟工坊吧，我有東西要給妳。

所以正珉也只能下床。

五顏六色的福袋裡有個拇指大的印章，這個肯定是燒窯而成的，是個刻有個人商標，要讓人知道陶器是誰做的印章。曹熙熬夜挖了一塊指甲大小，正四方形的鬆軟陶土，刻上了正珉的「珉」（玉石珉）字，正珉這才想起曹熙在幾個星期前曾問過她名字的漢字。要送正珉落款印章的點子來自蒼太。想對管理ＩＧ的正珉表達感謝的方式有幾個選項，第一是工坊報名費打折，第二是正式支付兼職費用，第三則是落款印章。正珉很慶幸最後的選擇是落款印章，因為她已經說過很多次不用付燒窯費就足以表達謝意了，畢竟打從一開始，她答應管理ＩＧ就沒有任何其他額外的企圖。

正珉對於即使自己只是短暫來訪，也詢問自己要不要喝熱飲的曹熙的溫柔心意感到恍惚，感覺只要開口眼眶就會泛淚，所以她保留回答，停頓了兩三拍的空白才說沒關係。

正珉把土壓成薄薄的圓形，試著蓋上落款。一次、兩次……不知不覺土面上充滿著文字。因為文字而突出的土雖然小但很鮮明，令人難以相信這麼小的字竟然撐過了一千兩百五十度的高溫。

在正珉名字的三個字中，她最滿意的字就是「珉」，正珉想到「玉石」，比起被修整整齊的玉，反而會想到被丟在蓮花池旁邊的石頭，那些模樣千奇百怪，實在找不到出處的石頭。觀察力細微的人如果翻一翻周遭，會發現石頭背面鑲著漾著綠光的玉，這種玉石才更讓人心跳加速啊，而且在念這個單字時所感受到喉頭的顫動，就好像珠玉在玻璃上滾動。

「為什麼是選『珉』？」

「感覺玉石這個詞最能說明妳。」

正珉寶貝地把裝在小小福袋裡，獨一無二的落款印章收好。作為節目企劃寫作時，她從來沒有過「表現自己」的感覺，也許因為當時她完全是為了他人，只寫了很多觀眾想要的內容。沒有實體的白紙上寫著的黑色字句，遠遠不足以表現正珉。然而陶器卻能表達她自己。想法與煩惱，手藝與心意，全都以實體的碗盤存在著，而且現在還有了能把正珉的主體烙印在世界上的落款。

正珉把小福袋放進大口袋，手不斷摸著印章凹凸不平的那一面。她突然又想面對文字了。她想起那個讓患有閱讀障礙的自己充滿挫折的展覽館——當時的她只能癱坐在地，嚎啕大哭。在她面前，由千鏡子[8]所畫的許多女人中，有一位慈祥地笑著。如果看完圖再去讀作品說明，就會記不住圖畫；如果讀完作品說明再去看圖，就會記不住說明。就連這短短幾句作品說明也無法理解，無法享受掌握畫作結構，將作品和作者生平連結起來的小小樂趣也讓正珉非常挫敗。但她又想再去一次那個地方了。就像是一起毫無脈絡的事件的延長線，看起來好像是用點描法胡亂印上不同顏色，但結束作畫後，往後退十步看這幅作品時，會出現一幅靜謐風景那樣。有時候乍看沒有關聯的兩個事件，會因為某些無法抵抗的情感而能輕易連結在一起。而它們能作為因果關係，和諧地結成一對，推動下一步的

8. 千鏡子（一九二四—二〇一五），韓國畫家，以大膽生動的彩色畫作聞名，擅長描繪女性、花、動物。

可能性。就像「落款」和「文字」那樣。

第一個詢問正珉請假是要去哪裡的人是基植，正珉簡短回答「首爾兜風」，基植好像就等著這一刻，傳了一個舉手的貓咪貼圖說要一起去，他可是個對貓毛嚴重過敏的人耶。

不久前離職的基植偶爾也會在平日來到工坊，在工坊結束上午作業的基植來到正珉家門口。正珉透過窗戶看到在門前徘徊的基植，兩階一步地跳下樓梯，到一樓時還為了假裝自己沒有急著出門，得先偷喘幾口氣。基植開心地揮手，他左手無名指原本那圈白色已變回原有的膚色。正珉知道基植的戀愛長跑已經完全畫下終點，但他的右手大拇指和食指卻貼著大大的ＯＫ繃。

「你受傷了嗎？」

「作業途中刀子沒拿好，但是因為ＯＫ繃大得要命才會看起來這樣，其實不太痛。」

「是不是又一邊打盹的關係啊？」

正珉真的很想講一下基植這個愛閉眼的習慣。

「我是在訓練手的感覺。」

「什麼意思？這樣以後是真的會傷得很重喔。」

「至少我用砂紙機的時候不會閉眼睛啊。」

因為這個說話討人厭的基植，正珉也露出拿他沒轍的笑容。

「我要搭地鐵去，可以嗎？」

「好啊，我今天也沒開車，剛好也想走走。」

正珉和基植把自己交給三號線，呆呆地抵達景福宮站。享受著平日白天地鐵的幸運，各自坐在左右兩邊都沒人的位子上，舒適地把大衣攤開。

正珉在二十歲以後，每到秋天都會去德壽宮石牆路和旁邊的首爾市立美術館，這是一個重要的年度活動，也是某種提醒季節變化的儀式。這段時間她有時是自己前往，有時候會是兩個人或三個人。也是因為這樣才知道，她習慣自己一個人欣賞這熟悉又柔和的德壽宮風景，和其他人一起走反而會讓她感到尷尬且不自在。這大概是在二十五歲之後發現的事，她沒有自怨自憐，而是接受了這樣的自己，畢竟就是有人比較適合獨處。今天卻在毫無計畫之下變成跟基植一起前來，雖然她不喜歡即興行為，但她實在很難拒絕基植。正玟知道這個感覺是什麼，也知道應該用什麼名字稱呼它，但她仍努力假裝視而不見。

來回三小時車程，以及觀覽和散步的三小時，這場共耗時約六小時的小旅行直接從前年跳到了今年。對正玟而言，去年是「被刪除的一年」，對外頭世界也沒有特別好奇，也沒必要再遵守跟自己的約定，所以今年決定重啟她獨有的儀式時，啟程的路途也莫名悲壯，只是還有個意料之外的同行人。

「今天天氣很晴朗啊，怎麼帶了傘？」

雖然天空看起來特別清明，像是把大海的藍色偷來，基植還是帶了一把折疊傘。

「聽說晚上會下雨，突然下起秋雨也不是什麼怪事嘛，所以帶著一把傘也不奇怪囉。」

有這個氣象預報嗎？正玟有點疑惑。

其實降雨機率只有20％，即便如此基植還是要帶傘的原因是希望跟正玟相處的這一天可以非常完美。就算下起要愚弄街上人們的秋雨，他們倆也只需要把傘撐開，繼續默默地走在街上就可以了。

「我是第一次看千鏡子的作品，好深奧喔。」從第一幅畫作就特別用心觀賞的基植摸著下巴說。

「很難吧？雖然我也很想賣弄，但其實我也不太懂，就只是喜歡而已。」

「那妳一開始為什麼會喜歡千鏡子的作品？」

正珉指著指引通往畫展第一區的牆面上，大大寫下的文章。

「是因為這段話。」

在我全身的每個角落，好像都夾雜著無法拒絕，宿命般的女人的恨。
不管我怎麼掙扎，我的悲傷傳說都無法被抹滅。

——千鏡子，自畫像《我的悲傷傳說中的第22頁》（一九七七年）

「悲傷傳說……」

「每個人都有自己的悲傷傳說嘛，我讀完這句話再去看作品，就能共情作品中的女人們所露出的每個表情，一面想著原來我也有這種傳說啊，然後就開始細看了。」

平日白天的常設展覽館裡，觀眾甚至不到十人。正珉一邊看展，一邊跟基植說著自己的悲傷傳說，用極輕的音量，向基植訴說那些她必須把自己設定為加害人，給自己處罰所撐過來的歲月。

基植認真思考自己有沒有類似重量的故事——三匙喪失感、兩匙罪惡感、一把茫然，以及半杯無可奈何的厭煩，基植也有把這些東西攪拌在一起，越咀嚼越苦澀的故事。

基植的爺爺罹患先天性白內障，最後連孫子的臉都看不到，失去了視力。在年幼的基植和弟弟跟爺爺一起住在高城時，父母在爺爺生日時換了燈具，基植無法理解父母送給雙眼失明的爺爺燈具的意義為何，新的ＬＥＤ燈具取代了夾著很多死蟲的日光燈，照亮了客廳。雖然子女們各自送上為爺爺準備的禮物，但氣氛也瞬間變得非常冷淡。在親戚齊聚一堂的場合，口角也是難以避免。療養志工和療養院要花多少錢，誰應該要負擔多少錢，誰才更盡到子女的責任……大家的聲音越來越大，躺在擁擠客廳裡的年幼兄弟們的頭上，有許多大人們的腳來來去去。

「就算要吵架也不要踩到孩子！」爺爺坐立難安，試圖阻止子女，但他所看向的方向卻沒有人。

基植覺得爺爺被當成傀儡，索性說要出去外面。在踏進山腳的入口小路時，爺爺鬆開了基植的手，爺爺說他有個地方要自己去，這是沒有其他人幫助也無法走出家門的爺爺，第一次主動說他有地方想去。年幼的基植沒能抓住那個甩開自己手的爺爺，那天爺爺的步幅特別大，走路速度也很快，爺爺就此消失，幾年後宣告失蹤。

在爺爺的長相也變得漸漸模糊時，爸爸因為裝潢施工發生意外，導致右眼失明，這感覺不是偶然，反而像是命運。要是連爸爸的左眼也失去光明，那下一個是不是輪到自己了？基植覺得他好像快要因為鬆開爺爺的手，受到懲罰了。

這就像是太常吞吐而變得黏糊糊的食物般的故事，但每次吐出來都不知道應該在哪裡結束……對基植而言，這個傳說還是現在進行式。

「我每天都在想，自己隨時都可能失去視力，世界也可能在一夕之間變成黑夜。當然我有在定期健檢，目前也沒問題，但我就是個膽小鬼，就是很光明正大地緊張也焦慮地生活著，這樣反而讓我更舒服一點。要是刻意掩蓋，裝不知道的話好像會更焦慮，我也不想假裝自己處之泰然。」

所以基植才開始接觸讓觸覺更敏銳的陶藝，這是為了預防萬一之後失去視力，要提前訓練代替眼睛的手，為了讓他的手隨時都能取代眼睛的工作。

正珉看著基植特別明亮的褐色瞳孔，這麼淺的瞳孔只能看到黑色嗎？她的心裡也很不是滋味。

「所以你才會在陶藝作業時閉著眼睛感受啊。」

「喔？妳是不是常偷瞄我？」基植瞇起眼睛，貧嘴道。

「……我要觀察厲害的人都是怎麼做的啊，哪有偷瞄。」

在基植和正珉聊天的過程中，基植說他好像找到另一個必須回去高城的理由了。跟正珉相處時，他常會發現一些自己也不曉得的情緒和想法，這一切既不強迫也不沉重，就像在寒冬中，爺爺幫忙蓋的那件厚棉被一樣鬆軟。

踏出美術館的兩人，反覆著在德壽宮漫步與停下的過程。先在宮裡繞一大圈，再進到庭園，享受著每一個不同步幅的遊盪。看似寬敞的德壽宮其實狹窄，感覺能一眼將一切盡收眼底，但在黃昏之際卻又會變成沒辦法一眼看完的廣闊風景。每當眼前的風景時時刻刻在改變，正珉就會停下來凝視遠方。坐在長椅等著太陽完全下山時，正珉突然眼淚潰堤，就像被寒冬凍結的水龍頭噴出水那樣，淚流不止，這是她從一年前就不斷忍耐著的眼淚。

基植拍拍正珉的肩膀。

正珉開始痛哭出聲音，久違的眼淚其實也不錯，能讓原本聚積的水流出去，讓新的活水進來，反而痛快。

「我今天看畫和文字的時候都沒有什麼特別的感覺。」

「什麼？所以是開心的淚水嗎？」

正珉用滿臉淚水的開朗笑容代替回答：

「喜極而泣還有這麼哀戚的版本嗎？我覺得有點委屈喔。」

正珉今天安然地看畫作、看文字，她只是有點害怕，害怕自己的閱讀障礙要是好了，是不是又得回到那個辦公室工作。正珉雖然害怕自己的精神狀態不好，但也很害怕極度正常的正常狀態。她緊抓著的疾病就像她還能多休息一下的許可證，然而，現在的正珉已經不需要任何「休息」的許可了，想休息到何時、何時重新站起來都是她將自己決定的事，或許直到她可以用自己的速度選擇休息之際，才是一個人真正變成熟的時候。

「我餓了。」

「什麼？」

「痛哭一場之後就餓了。」

「今天換我帶妳去吃美食吧，別看我這樣，我也在首爾住了十幾年喔。」

雖然是拍拍胸脯說了這句話，但不管怎麼看都覺得，基植長得就像鄉村青年一樣淳樸，正珉雖然很想用這點大鬧基植，但她忍住了。

「先生，我可是土生土長的首爾人耶，我先聽聽你的菜單吧。」

「一年四季都掛著豔陽的國家所擁有的異國風味。」

「我就信你這一次。」

兩人離開光化門，開始步行前往昭格洞，直到晚上，天氣還是好得不像話，看起來完全沒有要下雨的預兆。感覺是還忘不掉夏天，太陽下山得特別遲，總覺得這天就像是夜晚永遠不會來的日子。

基植得意洋洋地說明這家東南亞料理專門店人氣有多高，正珉哼了一聲說「這是以前上過我們節目的店」，這也讓想帶正珉體驗沒吃過的新風味的基植感到十分遺憾。

「但我是沒吃過，只有做過節目而已。」

「都沒吃過居然還寫得出這種厲害的味道形容嗎？」

「大部分都是這樣啊，忙都忙死了哪裡有時間去開一場美食會評價完味道再寫稿啊？」

正珉沒把這當一回事說道。

「如果我是導演，我就會叫外送把食物送來劉企劃面前，讓她吃過一次，寫出更好的稿。」

正珉為了隱藏自己脹紅的臉，低頭吃飯。要是真有基植這種導演存在，她搞不好就不會辭職了，但基植根本不懂正珉的內心，還很欣慰她吃得很香，看起來很不錯。

和基植分開，正珉獨自在回日山的路上。急著衝進車站跳上地鐵時，她發現自己搭到不會抵達日山，而是往舊把撥的車。即使如此，也破壞不了正珉的好心情。她急著坐下，不小心壓到鄰座男人衣角時，對方也只是大方地笑了笑。那天的一切對正珉都很寬容，她暫時喘了口氣，沒有聽音樂，聽著只有今天才有的地鐵噪音。

方向

修能考試[9]結束，寒流也正式來襲。因為天氣寒冷，工坊的門也必須隨時緊閉。人們走在路上吐出宛如白霧的寒氣，然後用凍紅的手推開工坊的門。

準只穿了一件薄夾克和圍巾，沒有多加厚外套，從曹熙開始到智慧、基植、正珉都對他這身穿著送上充滿關懷的嘮叨。準難為情地說大概是因為大考剛結束，緊張感有些鬆懈了，所以睡了懶覺。

美術大學的實作考試會在一月正式展開，準報考的陶藝系和工藝系，跟其他科系一樣用畫作評價，而非以陶土造型進行評價。但其實準為了考大學有另外在美術學院上課，所以他並沒有非得來工坊學陶藝的理由，拗不過父母的他，還是繼續來工坊上課。準的父母是高級陶器品牌設計師，也是活躍的知名陶藝家夫

9. 韓國大學修學能力測驗，類似學測。

婦。對於陶藝有高度自信的他們，當然也希望大兒子延續他們的腳步，所以在準上高中後，他們也開始另外教他與大學考試無關的陶藝。這是為了他之後上大學也能領先其他學生，所以才要他先熟悉陶藝。然而由父母來教育子女這件事，其實對彼此都不是太好，所以他們才把準送來塑窯工坊，將他託付給曹熙。

當準備大考這件事還是很久以後的事時，準也是喜歡陶藝的，他覺得自己好像有天賦，也為父母感到驕傲，覺得自己應該要追隨父母的腳步。但準的想法在過了青春期，他開始上美術學院後有所轉變。學了素描和上色的他反而在繪畫時感受到比陶藝更多的自由，能在圖畫紙上畫出新世界也讓準十分興奮，特別是他被敏感的墨線和暈染吸引，也對東洋畫特別有興趣。但他實在不敢把自己想畫畫的念頭告訴父母，他的選項裡，根本沒有脫離父母鋪好的那條路。

在他向曹熙傾吐自己想學東洋畫的鬱悶心情時，曹熙給了他顏料，告訴他也可以在器皿作畫，但準卻一口拒絕了曹熙的體貼，他最喜歡的還是在圖畫紙作畫的感覺，在瓷器作畫是他無法接受的妥協。在準的心中，畫作還是要作為畫作本身留下，才會是最耀眼的。

準解開圍巾，接著切下一塊粉青陶土，在去美術學院前又該怎麼打發時間呢？

做一件不想做的事，看起來就像持續咀嚼已經完全沒有甜味，猶如橡膠的口香糖。準用手指將無辜的陶土戳出洞，這股他從小聞到大的陶土味也讓他覺得好膩。

曹熙藏不住上揚的顴骨，要大家把注意力放在她身上。曹熙手上的陶器，對準來說也是第一次見到的設計。

「這是正珉徒手做出來的墨西哥玉米片碗，這設計真的是很讓人受不了吧？」

比飯碗稍大一些，有個與胖胖本體不搭的把手，盤子旁還黏著一個看起來像下弦月的小型醬油碟，長得一副很占廚房空間的模樣。但重點是這樣的設計在燒窯時，接縫處會很容易裂開。甚至這只是個玉米片碗？如此沉重的陶器要用來裝點心，似乎不太合適。

「本體裝墨西哥玉米片，旁邊的小碟可以裝起司醬，也不用另外把起司醬放在桌上，所以也能在床上吃。沾醬時也不用擔心碎屑掉落。它也可以用來吃泡麵，小碟可以用來裝辛奇，不管是什麼都能用一個碗解決！如何？」

雖然是正珉野心勃勃製作的碗盤，但會員們對她熱情說明的反應卻是不冷不熱。

「那不然這個呢？」

正珉再次推出來的容器形狀像是比較扁的紅酒杯，基植感覺是想幫腔才添了句話：

「喔，這是雞蛋碗嗎？放水煮蛋進去沾鹽巴吃……」

「不是，要開一家新潮工坊的人怎麼可以不知道優格碗啊？這是最近很流行的設計耶……」

正珉一臉快哭出來，基植趕緊想辦法安慰她。智慧和曹熙的眼睛同時瞪得圓圓的，在正珉向工坊請假一週後，這兩人好像變得非常熟稔，就算黏在一起看起來也不尷尬。智慧和曹熙微笑地看著彼此點頭，然後出現同樣想法：「他們倆超速配啊！」

為了安慰在基植努力之下仍舊失去信心的正珉，大家都開始專挑優點稱讚她，只有準獨自抨擊優格碗的支柱內側沒把土挖掉，感覺會太重。

準對於那些好像只是單純覺得捏陶很有趣而來到工坊的人，內心一角總有些不自在，感覺自己用什麼視角在看待陶土都被別人看穿，所以才常說出一些言不由衷，不動聽的話。

聽了準的指教，為了降低碗的厚度以減少重量，正珉一手拿著工具，在準身邊坐下。在正珉眼中，準是個天生具有藝術細胞的孩子，也覺得這樣的他如果願意給自己建議，肯定會有幫助。

「這程度應該夠薄了吧？」

「不要每件事情都問我，光是本體設計成這樣，我就覺得不怎樣了。」

「反正是我在做我需要跟想要的東西，設計好不好看都沒關係，好玩嘛，不是嗎？」

「光靠興趣去做就都好嗎？」

正珉就像一隻受驚的鱉，縮了一下脖子，然後再次面向正面坐好。高三考生的尖銳與敏感超乎她的想像。看著這兩個人毫不和諧的對話，智慧插嘴：

「準也該早點結束備考，用比較舒服的心情來工坊才好啊。」

「不會有那天的，我只打算上到今天而已。」

準很快就會離開工坊的事是每個人內心都有預期的，但聽到準親口這麼說，一股遺憾湧上也是無可奈何。正珉立刻想起藝莉，她要是知道了應該會很傷心。

「是想休息嗎？」智慧用溫柔的嗓音問。

「不是，修能考砸了，所以實作考試一定要考好。現在開始每個週末都要在美術學院上整天課，父母也同意了。」

「原來如此，真是可惜，那考完試至少要回來一次喔？」

準雖然點了頭，但他非常肯定自己考完試絕對不會再來這個工坊。會開始來塑窯工坊並非他的本人意志，而是父母的決定。對準來說，這個工坊只是為了在備考期間，能和父母和平相處的緩衝地帶。陶土皺成一團，這很不像平常的他，陶土是很誠實的材料，也非常坦白地展現出準此時此刻的心情。

準的最後一天，午餐是溫暖的烏龍麵和壽司。本來打算去買了曹熙碗盤的勝昊餐廳吃，但店裡已是高朋滿座，甚至還要候位。星期六有很多遠從首爾跟坡州來到栗刺村的人，大家都精心打扮，多半是二或三人，也有四個人一桌，一起吃著情人套餐或家庭套餐。穿著沾滿陶土的黑T恤的五人跟店裡的氛圍不搭，看起來好似不速之客的工坊會員們也讓正珉漾起微笑。

最後也只能外帶壽司，跟平常一樣在工坊用餐。正珉原本想說可以替準加油，也想跟大家一起外出用餐，所以她對於這個結局很是遺憾，但在工坊裡可以舒服安靜地吃飯也不錯，用勝旲買走的同款碗盤裝壽司，看起來就像在餐廳吃飯一樣，陶瓷餐具果然能給坐在餐桌前的人一種「受款待」的感覺。勝旲選的碗盤很適合日本料理，也讓食物看起來更加美味。他因為愧疚而贈送的烏龍麵也比想像中好吃，充滿勁道的麵條口感和清爽的海鮮湯頭味道一流，蝦丸和魚板的分量也很豐盛。隨著胃暖了起來，原本留在指尖的寒氣也變得近似於體溫的溫熱，正珉把烏龍麵的湯喝得一滴不剩。

在各自盤子裡的壽司陸續消失時，智慧輕咳了幾聲，說她有件重大的事要宣布。

「嗯……我報名ＫＯＩＣＡ[10]的海外志工團合格了，下個月就要出國前往孟

10. 韓國國際協力團，對外無償援助的專業機構。

加拉，感覺今天也是我來工坊的最後一天了。派遣時間是一年，順利的話好像還能申請延長。」

這是出乎所有人預期的發言，但大家都熱烈鼓掌，真心給予祝賀，然後接著抱怨為什麼不早點說。基植問「要不要去買個蛋糕？」，並以立刻要衝出門的氣勢穿上外套，曹熙搖搖手，從冰箱裡拿出磅蛋糕，因為智慧前一天有先跟她說，所以昨天就先烤了蛋糕，反正本來就也打算烤一個蛋糕幫準的實作考試加油了。

準雖然不太情願，但還是起身跟智慧一起吹了蠟燭。與立刻坐下的準不同，默默許願的智慧大概是有很多願望要許，緊握著的雙手久久沒有鬆開。切完蛋糕分給大家的曹熙又按照各自喜好拿出紅茶與咖啡，磅蛋糕在冰箱裡經過一天熟成，蛋糕體的質地很鮮明，味道也更加濃郁。跟外頭的冷風呈現對比，更讓人感到工坊裡的溫馨，甜甜的甜點香氣似乎也上了色，以黃和橘色填滿著溫暖空氣，圍繞在工坊會員身邊。

「我真的沒想到智慧想當志工。」因為智慧的選擇而感動的正珉說道。

「謝謝，雖然這看起來可能是個突如其來的決定，但我其實從小就覺得要一邊做志工，一邊過生活。但我也跟別人一樣覺得要先找到工作，只要找到工作就可以週末去當志工……這話我其實也講了好久，但我後來就開始懷疑這個順序到底對不對，如果有想做的事，就去做不就好了嗎？當我的想法改變，我也不自覺就去報名了KOICA，我之前每次都只是看著公告而已，這是第一次報名，所以也只是抱持著船到橋頭自然直的心態而已。」

智慧補充說明她在準備就業的過程中，先考了各種語言證照這點也起了很大幫助。

「好機會也要準備好的人才能抓得住嘛，雖然之後會有超過一年的時間不能見面有點可惜，但我是真心替妳加油。」

靜靜吃著蛋糕的準想起智慧上午要他考完試再來一趟工坊的話，但等準考完試，智慧也不在韓國了。「哼，明明妳自己也不會回來工坊。」

智慧從剛剛就在觀察一言不發的準，她輕拍了準的肩膀：

「準啊，你知道我是真的很為你加油的吧？本來想等你考完試再一起吃個飯……」

「我沒什麼特別想法，沒關係。」

「裝什麼高冷，雖然等不到結局了，但我相信你能做好的。」

準對於這種充滿真心的鼓勵感到陌生，他含糊回應後，又用叉子戳了無辜的蛋糕。

「但妳本來不是化學系嗎？」

「是因為父母說理工科比較容易找工作，所以我才下意識選了這個系，但我從以前就對韓語教育這塊很有興趣。」

「那……父母沒有失望嗎？」

「我這次的選擇不只讓父母失望，也讓很多人失望啊。但反過來說，在我到目前為止所作的選擇之中，這次是唯一一個沒有讓我自己失望的選擇。」

「我也想要自己作選擇，不管是什麼都好。」

準的視線漸漸飄向地板。

「你知道我比別人多讀了很久的書，徘徊許久後頓悟了什麼嗎？你的那條路絕不會因為一次的選擇就縮小，現在的考試並不是要你年紀輕輕就決定好出路，搞不好是個拓展你出路的起點。你以後還有更多的選擇要作，所以也不要太急著對你現在的選擇作出判斷，只要繼續前行，不要停下來，肯定會出現你盼望的那條新的道路。但是，當你等到了那個時刻，就不能害怕讓任何人失望，要勇敢地改變方向，然後呢，就我的經驗來看……越早讓父母失望可能也是件好事。」

準對於智慧這番好像看穿自己心思的話感到震驚，每天都一起來工坊的智慧肯定看到自己在捏陶時露出什麼樣的表情了。

彷彿要替準增添勇氣，基植替準的空杯倒滿紅茶說道：

「我也是都市工程系畢業的，但我在家庭購物公司上班，明年還會創業，開一家自己的陶藝工坊，正珉也是日語系但當了節目企劃。不過從事跟主修科系無關的工作，就等於我十九歲的選擇有錯嗎？不是的，反而是因為當初作了那個選擇，才會有現在的我。所以不管是誰作的選擇都好，先讓自己被捲進去吧，這樣你也會學會怎麼划槳。」

準光是聽到這些人生前輩其實也都作過不合時宜的選擇時，就莫名感到安慰。雖然他的共鳴還不深，但在即將考試的這個當下，他過度急於求成，才發現自己這段時間錯過的某些頭緒其實都在他們所說的話語中，那顆卡在沙漏中間的討厭沙粒終於滑下去了。

為了去學院先起身準備離開工坊的準，想起隨便套了件衣服就出門的早晨，外頭只是還沒開始下雪，但其實已與寒冬無異，能抵擋風勢的就只有一條圍巾而已。他甩開焦急心情後，只剩下沒有多帶外套的自責。基植看著那個一邊看向工坊門外的冬天，又多纏了幾圈圍巾的準，突然跑向外面。

「你穿這件去吧，我車上還有多的衣服。」

基植遞了件白色刷毛外套給準，雖然對瘦小的準來說尺寸偏大，但穿上基植的衣服，感覺走在寒風刺骨的路上也不再有任何畏懼。

「謝謝。」披上外套，隨便把拉鍊拉到胸口處的準說。

基植走向他，把刷毛外套的拉鍊拉到脖子處，接著說：

「要我跟你說怎麼去那間好大學的秘訣嗎？」

「是什麼？」

「健康、健康，還是健康！」

感覺永遠不會結束的備考最終還是會迎來盡頭，會員們都到外頭送準離開，大家都笑吟吟的，看起來甚至還有些天真。這是大家為了不要在有最多擔憂的準面前露出太過凝重的表情所釋出的體貼。

準說了應該不會遵守的「下次見」後轉身，只有智慧沒辦法再跟他說下次見，但準也對智慧說了句「出國順利」。無論平日或週末，總是天天出席的智慧不在的工坊會是什麼風景，到目前為止還很難想像，工坊的溫度包裹著準的身體，所以他走在路上也不覺得冷。走到公車亭又回頭看了一眼工坊，感覺它會永遠存在那個地方，即使在寒風之中也還是會堅守著那個位置。在栗剌村十分相似的街道之中，工坊欣然地成為那座不讓人們迷路的指路標。

智慧即使知道自己在出國前沒辦法把作品燒完，也還是堅持做完陶輪作業。曹熙跟她約好，會替她把杯子和碗盤燒好。智慧和曹熙勾著小指，想像著一年、兩年後的自己會是什麼樣子。依然享受下廚嗎？會變瘦嗎？會回到韓國就業嗎？跟那個朋友還會是朋友嗎？但不管怎麼樣，都希望當年齡的十位數字改變時，能夠變得更成熟一些，智慧覺得自己的二十幾歲真的太漫長了。

智慧和孝錫約了晚餐，她先抵達居酒屋入座，但心情還是亂糟糟的。要跟孝錫說自己要離開的消息並不是件易事，也擔心這在朋友眼中，會被當成是因為就業失敗才想逃跑。既然是孝錫，他肯定會恭喜自己，但她自己卻沒辦法堂堂正正的。剛剛還一副好像已經通達了人生真理，給準建議，但智慧卻老是在計較著自己所作的選擇究竟是不是最好的。

片刻，孝錫踩著華麗的步伐進入店裡，坐在鄰座。智慧內心慶幸，好險是坐在不用面對面看著彼此的吧檯。

開胃菜一上桌，智慧就說出自己即將離開韓國的事。

「韓智慧！真的恭喜妳耶！雖然我已經認識妳很久，但妳真的……」

孝錫一臉感動地欲言又止，舉起啤酒杯要求乾杯。

「妳跟其他同學說了吧？」

「還沒，但我沒打算跟他們說。」

「為什麼？至少要幫妳開個送別會啊！我們國中幾乎每個男孩子都喜歡過妳，聽到初戀要離開了應該會很難過的……」

根本不懂智慧心思的孝錫半開玩笑地說。

「什麼初戀，那些好時光早就都過了，現在出席同學會，我是用其他層面的議題攻占話題第一名。」

智慧曾在變胖後出席的同學會上，聽到人家說「看來妳最近過得很幸福」，從那之後她就變得排斥出席同學會。比起懶得跟別人解釋不是因為幸福才變胖，更是抗拒「逆變的象徵」或「當年我們曾經喜歡過的女孩」這些頭銜。

「但你之前跟我告白也被我拒絕了，遞出電影票的時候還講了什麼？」

「呃，這件事情就忘掉吧。」

孝錫難為情地乾咳了幾聲。

突然陷入沉思的智慧喝了口啤酒，接著說：

「我有話想說，但如果我說了，你可能就不會再把我當朋友了。」

「我們之間哪有這種事，讓我來聽聽到底是多讓人倒胃口的話吧。」

「應該是從我大學落榜，你上榜那時候開始的。我們一直都上同一間學校，也一起上學，那是我們第一次有了不同的所屬，生活也變不一樣了。我依照重考班的安排度過每一天，你是在大學裡自己規劃時間表，我好像就是從那時候開始毀壞的。」

在二十歲之前，智慧從沒特別羨慕過別人，就算羨慕也只是當下而已，也懂得要真誠祝福發展順利的朋友。她從不會刻意把他人的生活放在自己的生活旁邊進行比較，但她大學落榜了，而且重考那次也沒上第一志願，而是上了第二志願。從那時候開始，智慧就開始在每件事上拿他人跟自己比較，被自卑感折磨。都比別人晚讀了，就更認真去上寒暑假課程想提早畢業，也覺得自己必須拿到更好的分數。但也不知道是目標太遠大，還是自身能力不足，就業總是屢戰屢敗。每幾個月就要在不同公司的實習生身分之間輾轉流連，從重考到就業都不曾一次成功過，也讓她陷入獨自落後大家的心情。

於是，智慧也不知不覺成為校內公部門就業課程中最資深的學員，在對就業感到迫切之際，她和一起準備就業的後輩一起進入最後一關面試，但後輩卻因為盲腸炎無法出席。聽說這個消息的智慧把這當成自己的事情一樣感到遺憾，也傳了一封安慰訊息給對方，卻在關掉畫面後映照出自己的臉上掛著一抹微微的笑容。她很懷疑這個在玻璃另一頭的狡猾之人真的是自己嗎？最令人失望的，是那個心胸狹窄的自己。最後智慧也在那場面試落選，於是她放棄準備就業，逃進了研究所。

「別人的不幸就是我的幸福，但我的不幸又讓我很痛苦，我也對於那樣的自己感到厭惡，無法忍受。」

「每個人都對找工作很迫切，會有這種情緒也是很正常的。」

聽了孝錫所說的話，智慧依然對過去的自己感到輕蔑。正因為每個人都對就業很迫切，她才覺得自己更不該這樣，她甚至曾對孝錫有過幼稚的忌妒。

「在你考上大學跟順利就業的時候，我也都沒辦法真心恭喜你。」

在智慧陷入絕望時，孝錫去當兵、退伍、復學，也在快畢業時提前就業。智慧當時雖然對孝錫說了恭喜，但她的內心並不是這麼想的。

「情有可原啊，我也曾經看著那些炫耀自己找到工作的同學，很想揍他們一頓耶。甚至我還曾經不小心脫口而出，差點吵起來，妳這程度還好啦。」

「不只這樣，我……內心還曾經看不起你，覺得你選錯工作了。因為我覺得你運氣很好，應該可以找到更好的工作。」

孝錫沒有立刻回答，點了一盤串燒。

「妳是不是以為只有在選科系或選公職職系的時候才要作選擇？但幸福也是選擇的範疇之一，妳現在就能立刻變得幸福啊，妳看，吃到好吃的東西心情應該就會立刻變好喔。」

孝錫把看起來很美味的雞翅串和雞心串放在智慧的碟子。

「這不是輸家的自我合理化嗎？」

智慧自嘲道。

「哪是自我合理化啊！妳看我就知道，我在現在這個位置，為了過得幸福，我選擇了『適當』去做，在能照顧我身邊珍貴親友和我自己的前提下，選了一個適當忙碌的工作，適當賺錢，適當享受……大家都說我沒有野心，但『適當』會不會才是最大的野心呢？我為了要讓我自己過得幸福，為了守住『適當』這條線，展現出我非常強烈的野心啊，這是選擇的問題。」

「我沒有幸福的選項，已經在底層待太久了，我可沒辦法像你一樣待在原位過得幸福。」

智慧想起因為不想寫自傳和履歷，刻意找了要花很多時間的複雜料理來做的無數個夜晚，她不幸福，也無法幸福，幸福好像都逃之夭夭了，她之所以會選能最快出國的國家，也是因為這個原因。

「哪裡沒有？這裡不就多到滿出來了嗎？」

「我真的能在我的位子上變幸福嗎？」

智慧轉頭，執著地看著孝錫。

「看妳這個狀態……不管我現在多講什麼應該都沒用了！大概要等妳回韓國的時候才會懂吧。」

「到時候如果也不懂該怎麼辦？」

「那我再跟妳說吧，別擔心，然後我也會替妳守住妳那個位子的幸福，妳就放心出國吧。」

智慧直勾勾地盯著孝錫，孝錫有點難為情地摸摸後頸。

「真慶幸你是我朋友。」

朋友之間說這些話，對彼此而言都很陌生。智慧因為尷尬喝了好幾口啤酒，孝錫也不甘示弱地把剩下的啤酒灌入喉頭，然後不分先後，智慧和孝錫同時皺著臉打嗝，兩個人留了時間差爆出笑聲，又點了生啤酒——這裡！再來一杯！

踏出洞穴的方法

時序一進入十二月，智慧就立刻出國了。準在那天之後也沒再來過工坊，雖然這是可預期的事，但當預想成為現實，大家都很想念準那看起來對世間萬物毫不關心的表情和生硬的語氣。準和智慧原本的陶輪座位也沒時間空著，就被新會員取代了。

當時有許多看起來年紀比曹熙大一點的中年女性來報名工坊會員，會員通常分成兩類，第一類是來消耗力氣的人。老公出門上班，把孩子送進學校後，一個人度過白天時光的主婦們，把這段時間蓄積的能量透過陶土表現。捏陶捏到讓肩膀痠的程度，把力氣消耗光，會比跟孩子同學的媽媽們聚在一起，跑很多咖啡廳過上更充實的一天。她們對於這種能享受自己身上還留有的一點青春樂在其中，最重要的是，在捏陶的時候，不會被稱作是「某某媽媽」，而是被稱為「某某會員」。

第二類人則是來獲取力量的。上班族總會帶著累到不能再累的表情踏入工坊，但離開時又會好像忘記明天還要上班，精神奕奕地開門離去。雖然擁有新興趣的滿足和對挑戰的渴望讓他們的語調上揚，但正珉相信，曹熙的咖啡和麵包也起了很大的作用。

但到了週末午餐時間，他們都會為了跟家人或朋友們度過而早早離開工坊，今天的星期六午餐成員也只有沒有約的曹熙和正珉而已。

「只剩我們倆呢，真是幸好還有妳，不然我星期六午餐時間就要孤單了。」

「別這麼說，要不是老師在，我週末也都只會待在家。」

今天的午餐是拉麵，跟午餐菜單很局限的夏天不同，不到幾個月時間，附近就新開了很多餐廳。挑戰新餐廳也是曹熙和會員們的樂趣之一，雖然在今天這種只有兩個人的日子，腦中浮現出的幾張臉孔也讓她們的心情有點寂寞，但也能感受到某種和睦。正珉把外帶拉麵拆開起身時差點摔倒，她的腳沒有知覺，因為擔心陶土會太快乾掉，暖氣開得不夠強，導致她的腳趾頭很冰。

「我真覺得妳是我們工坊的貴人，妳第一次來到我們工坊的那天，剛好也是我把宅女生活結束掉，出來外頭的第一週。」

正珉也對那天歷歷在目，那天也是自己想擺脫在家裡像死人一樣生活的「無人」境界，睽違好幾個月才踏出家門的日子。那個夏日豔陽竊竊私語了什麼呢？過著截然不同人生的兩人竟在差不多時機踏出家門，然後在原本沒有交集的兩條平行線轉彎，一個接一個刻上了交點。雖然無從知曉這究竟是命中注定的緣分，還是因為各自選擇匯集而成的事件而已，但反正就是很棒。畢竟互相有了交集，把線條延續下去才是最重要的。原本停滯的線條乘著不是緣分就是選擇的浪潮繼續前行，曹熙似乎是感受到明顯起伏的浪潮，用力閉上眼睛後又再次睜眼說：

「我看著喝咖啡的妳想說，妳搞不好跟我是差不多的人。會那麼寶貝地捧著咖啡杯的人，通常內心深處都藏著一些故事，所以我才會問妳要不要來做陶藝，其實我也是不自覺問出口的。我明明五分鐘前才跟智慧說，經歷過死別之後，我變得害怕人群，所以暫時不想再收新會員……結果看到妳卻又立刻說那種話，我也覺得有點搞笑，不對，應該說是覺得很有趣。但妳幫忙管理工坊社群後，工坊的氣氛也變了，有越來越多新人，也有很多為了翻出原本遺忘的工坊記憶又重新拜訪的人。」

正珉也在第一次見到曹熙時感受到莫名的吸引力，當她一問「要不要試試看？」的時候，她也覺得「燒陶」真是個聽起來很美的詞。

「我一邊學著從沒想像過會學的陶藝，自己也改變了很多。有很多心情轉折的瞬間，如果要我選出印象最深刻的時候，應該是要開始操作陶輪前，跟老師手捏陶土時的對話吧。因為我不會控制水量，陶土濕答答的，但妳說要幫陶土擦眼淚。雖然是很稀鬆平常的一句話，但我的心情卻因為這樣有點微妙。填補它、捏塑它、也幫它擦眼淚……明明是在捏陶，卻有種在修補我自己的感覺。」

正珉回顧著當時的狀況，攪拌著沒剩多少的麵條。都說生活艱難時，總會依靠著過去的回憶生活，但正珉一直都很擔心自己會不會連半點可以回憶的過去都沒有，那種在疲勞襲來的某天，能攤開來回顧的那一頁回憶。

「燒陶其實就跟烤妳的心一樣，用雙手修補醜醜的陶土，越用充滿愛的眼神看它，它就會變得越漂亮也越令人珍惜。那些不想挖出來看的心情也一樣，只要繼續投以關注，就會更清楚看到裡面有些什麼嘛。原本以為只有討厭，但裡頭還有一些愛惜、憐憫等等……會有很多情緒摺疊交織在裡頭，然後就會迎來那個連不好的心情也變得珍貴的瞬間。」

正珉知道，她的內心之所以暖和起來，並不是因為溫熱的拉麵高湯，而是因為曹熙的這席話。因為那股溫暖散播得很快，直到剛剛都還凍得跟冰塊一樣的腳趾頭也熱了起來。

「燒陶也跟烤心意是一樣的，雖然很難以說明，但這句話說得真好。」

「那些難以說明的東西有時反而能帶給妳更鮮明的共鳴。」

就像流星或極光那樣，那種不用特別追究它為什麼美麗就會愛上的東西。正珉明白這是無需解釋就很美的一句話。

「老師，我最近開始會擔心我會不會笑得比昨天更少，有點急躁了，感覺我也開始有野心了。」

「再多點野心也沒關係，幸福也是有幸福過的人才能享受的。要一邊盡情享受，一邊想著『原來就是這種感覺』，去熟悉那種感覺。」

就算天生的幸福不夠，也不夠可愛，也依然能夠填滿它，至少現在能跟喜歡的人一起吃午餐，正珉想要這麼相信。

星期六晚上，在身障工藝課開始前，孝錫先推開了工坊的門，他還沒放下包包就先帶來會員們最好奇的智慧消息。

「我有好好送她出國了，智慧還叫我要好好對待工坊會員們。」

曹熙和正珉的心情有些茫然。

「一方面覺得她很棒，但又有點擔心呢，那邊應該還算好聯絡吧？」

曹熙小心翼翼地問。

「當然，現在都什麼年代了！都有視訊通話這種最新科學技術了啊。」

孝錫刻意挺起肩膀說。

「但怎麼只有兩位在啊，喔對，基植哥是不是也快離開了？」

孝錫看著正珉問，大家也不知道是從什麼時候開始，只要是跟基植相關的事，都會直接詢問正珉。

「什麼？喔對，基植也快了，他已經離職，首爾的房子好像也整理得差不多了。」

「蛤？妳跟基植哥還在講敬語嗎？」

「嗯……對啊。」

「是嗎……我還以為你們倆很熟耶，他要離開了，妳應該很遺憾吧？」

孝錫這特別執著的問題讓正珉有點慌張地點頭，孝錫似乎對正珉的回答不太滿意，露出哪裡不太稱心的表情。

「會員們快來了，我們該準備一下了！」

曹熙拍拍手試著把氣氛拉上來，也把毛衣的袖子捲起來，多虧於此，正珉才能含糊帶過孝錫的問題。

「對了，正珉和孝錫，如果兩位今天時間許可的話，要不要幫忙上課啊？聖誕節快到了，我打算做個聖誕樹小物，但要是訂主題就太難發揮了，打工費是請你們吃肉！」

聽到「肉」字就很有活力答應的孝錫，正珉也因為今晚沒有其他約會，緩緩點頭答應。

參加課程的八位會員各自入座後，課程開始。今天的課題是把包含曹熙在內的三人所提前做好的聖誕樹狀小物塗上不同花紋。

「正珉，妳可以也幫幫叔叔嗎？」

因為呼喊自己名字的圭元聲音實在太過久違，正珉也不自覺嚇了一跳。

「啊，好的！」

坐在叔叔鄰座，正珉看了一下坯體，因為圭元拿工具的手還不熟悉力道調節，連附近的陶土也脫落了，所以看起來有點凹凸不平。

「我們先把這邊整塊掉落的部分重新做成扁平狀。」

正珉挖了約一節手指大小的新土，充分沾濕。

「像這樣把土補上去……看不出來了吧？」

「我本來還覺得醜醜的，重新補土上去，好像就回到失誤前的狀態了。」

正珉為了重新教導拿工具的方法，正要把自己的手覆上圭元的手，又有所遲疑。

「這好像是我第一次握叔叔的手。」

兩人暫時都沒有多說話，都在回顧那已經依稀模糊的往事。

「……叔叔對不起。」

正珉好不容易才開口，這是她第一次向圭元尋求原諒，在事故發生後，她沒再見過圭元，也沒臉再見他。

「這又不是妳的錯，別說這種話了。」

圭元抽出自己的手，輕輕覆上正珉的手。

「這樣應該可以吧？」

圭元就像要正珉放寬心地露出笑容，這是比起滿滿的擁抱更帥氣的原諒，正珉感覺眼淚立刻就要奪眶而出，低著頭點點頭。

「這段時間妳也辛苦了。」

不曉得是不是因為手上的陶土，第一次碰到叔叔的手給人的感覺並不陌生，他用又厚又粗的手拍拍正珉的手。

在課程快結束時，要來帶圭元回家的珠蘭看到坐在爸爸身邊的正珉嚇得不輕，但她還是佯裝無事地靠近兩人，說道。

「爸，正珉有好好幫你吧？」

「那當然，多虧了她，我才能把聖誕樹做得這麼漂亮啊。」

珠蘭的爸爸炫耀地舉起聖誕小物。

「正珉，謝謝。」

「沒什麼……喔對，樹裡面可以放燈泡。」

正珉不知道該講什麼才好，開始展現樹的內部，亂講一通：「把燈泡放進去會更漂亮，但還沒決定好要用什麼顏色上釉……」

「妳還是一樣對於別人謝謝妳感到尷尬啊。」

珠蘭忍不住笑出來打斷了正珉：「這種時候可以直接帶過的，因為沒有其他意思，是真的謝謝妳才說的。」

「……好。」

「各位，我明天會把今天做的小物拿去燒窯，會盡量讓大家能在聖誕節前拿到，時間也晚了，大家都辛苦了。」

今天多虧了每次都能找到絕妙時機的曹熙，讓兩人尷尬的對話終止。正珉獨自到後面的小房間脫掉圍裙坐下，手背似乎還能感覺到叔叔厚實又粗糙的掌心。

幫忙輪椅上車時，珠蘭突然來勾住正珉的手臂。

「妳肯定討厭死我了。」

「哪部分？」

「很忌妒啊，我看到妳跟我爸並肩坐在一起的時候很慌張，想說你們是不是在我不知道的時候變得要好了，就想到妳之前肯定很討厭我一直黏在妳媽身邊喊『媽媽』。」

「嗯，確實不太順眼。」

連自己也不知不覺用這種受不了的語氣說出口。

「我們當時真是太年輕了。」

一群散步的路人經過的聊天聲適時填補了兩人之間的寂靜。

「豈止年輕而已，還很敏感又脆弱，但是珠蘭，我沒關係，已經沒關係了。」

正珉回顧那段過往總覺得既鮮明又啞然，也會有點混淆這到底是不是她自己的故事，但也確實已經過了很長一段時間。

「幸好妳沒事了。」

還以為兩人留下的腳印會被栗子填滿，但那個季節已過，不知不覺迎來冬天，已累積了滿滿的雪，那些蹣跚搖晃的腳印也已經消失了。

「叔叔，我先進去了。」

珠蘭搖下車窗，在兩人對話中插嘴。

「妳以前怎麼就不這樣乖巧親人啊？」

「就是說啊。」

正珉猶豫了幾秒，又接著說：

「珠蘭，我已經知道怎麼從洞穴出來了，只是我想要推遲出來的日子而已。是擔心我會內耗，為了我自己才這麼做的，所以我會從洞穴裡出來的，也不會是獨自出來，所以妳不用再擔心我了。」

正珉想起工坊的所有人。每當因為想把黏糊糊的土搓掉而搓著雙手，但陶土卻變得更加黏稠時，大家就會伸出乾淨的手抓住自己的雙手，幫忙把陶土甩掉。

「哼，看來除了我之外，還有很多人替妳著想喔？」

珠蘭露出厭惡的表情。

「我原先不知道，但可能是吧，下次給我一個正式跟妳道歉的機會，一起吃個飯吧。」

珠蘭毫不遲疑地點頭。

「好，快進去吧，外頭很冷。」

正珉盯著珠蘭的車直到從巷子消失，看了好久好久，一面下定決心，她要在一起吃飯那天，跟老朋友把沒說完的最後那句話說完。

在烤肉店飽餐一頓後，夜已經深了。正珉不顧曹熙的阻止，還是回到工坊協助善後整理，整理完踏出工坊時，她久違地注意到工坊的招牌。

塑窯 SOYO

Ceramic art &

出來送客的曹熙說她很苦惱既然已經過了一段時間，不知道要不要重新設計招牌。正珉跟隨曹熙的目光看過去，因為前所未有的寒冷，草葉早在很久以前就成了土壤養分，招牌也比之前顯眼許多，招牌替代了這段時間用來告知塑窯存在的花盆花朵、仙人掌，以及藤蔓，盡到它的角色。

「我覺得『&』旁邊空著比較好，感覺之後可以在這個工坊做更多事。」

正珉希望看到招牌之後，獨自留在工坊的曹熙不會感到一絲悲傷。

「我也覺得這樣比較好，應該會維持很久都不換吧，它就像工坊的守護者。」

兩人不分你我，在腦中羅列出在這短短的三個季節裡，自己身上發生的變化。因為這些變化的結果都不明確，光靠羅列出來也無法好好整理。她們暫時放棄想得太深，決定開始思考該怎麼更享受這些改變，要怎麼做才能得到更多祝福與眷顧。光是享受這個改變就已經不夠時間，一年已經要過完了，也沒有任何人能給出她們能繼續待在彼此身邊到何年何月的答案。只能在剩餘的冬天裡使出渾身解數，配合著彼此的溫度窯烤心意，這就是正珉心裡刻畫出的年末風光。

正珉之所以沒辦法確定今年冬天是不是能陪伴工坊的最後時光，理由非常現實，因為她早上出門剛好遇到房東，房東希望她能在合約到期的明年夏天前更早把房子騰出來。正珉在過去一年別說賺錢，幾乎快把積蓄花光了，已經到了無法負擔上漲的傳貰金[11]的地步。她明年春天必須搬家，在生活費有限的情況下還要繼續到工坊上課，也確實造成她的壓力。差不多開始感受生活費帶來的壓力，何況她還帶著浩亞生活，責任感也更加強烈。現在的正珉已無法繼續在變化中停留，她必須對自己的未來作出選擇。

無力地走回家的路上，正珉停在阿高店門口，優格冰淇淋加巧克力碎片餅乾已經不在菜單裡了。

「老闆，請問那個優格冰淇淋加……巧克力碎片餅乾已經停賣了嗎？」

正珉努力回想那個連唸出來都有困難的名字，結結巴巴地詢問。

「啊，優格冰淇淋加巧克力碎片餅乾嗎？雖然不在菜單上了，但還有在販售。」

老闆似乎很開心遇到知道那個口味的客人，非常有活力地回答並補充。

「有客人一直在吃這個口味，他說他很快就要遠行了，所以我打算繼續賣到那時候，畢竟他是店裡的常客。」

正珉想像著那個在這裡嘰嘰喳喳分享著創業故事的基植，內心覺得很可愛。

「那我要外帶一桶那個口味。」

正珉安心抱著裝滿甜滋滋口味的冰淇淋桶回到家，她不想再吃那個沒跟其他口味混合的香草口味了，一開始講到優格和巧克力餅乾會讓她想到亞拉和基植，不，應該是說，她想要這麼想，因為他們倆並不搭。但現在看起來，無法混在一起的兩個口味反而更像基植跟她自己，正珉的心情一下子變得想哭，跟基植的關係也是她必須作出選擇的課題之一。

11. 是韓國特有的一種租房方式。租客不需每月繳納租金，只需將一筆押金（傳貰金）交給房東即可入住，租約到期不再續約時可全額領回傳貰金。租約期間，房東可以利用傳貰金賺取銀行利息，或進行經營、投資。傳貰金的額度約為房屋價值的三成至九成不等。

初雪

栗刺村商圈復甦，街道也變得更加溫馨，走到哪裡都能聽到交談的人聲，人們的腳步有各自的節奏。尋找躲在大街小巷內的義式咖啡小店和一人廚師餐廳也別有趣味，這條街上如果隨時有新故事展開，也不會有人覺得奇怪。

時序越靠近聖誕節，每家店彷彿在比拚誰家的燈光更亮，各自裝飾著聖誕樹。咖啡廳播著西洋流行歌曲，酒館則播著國內抒情歌手的流行歌。就算是正珉去買菜、跑步，或是前往工坊的短暫時間也能聽到聖誕歌曲。也多虧於此，才能感受到聖誕節正在大步走近。戀人們各自懷抱該在背後藏著什麼禮物、令人悸動的苦惱，夫妻為了當孩子們的聖誕老人包裝著玩具，孩子們則是為了寫信給朋友們，買了繪有魯道夫的小卡片。

跳蚤市集 12.24（六）

2pm～7pm

工坊也忙著準備聖誕節。平安夜那天，栗刺村中央公園將舉辦跳蚤市集，為了參加跳蚤市集，曹熙每天都忙著準備，這是正珉第一次看到她做陶器的樣子，那個樣子也比她原本的想像更帥氣，不對，是沒辦法用帥氣二字完整形容，是令人驚奇的行為。不是老師曹熙，而是陶藝家曹熙的模樣看起來很平靜且幸福，這個模樣也證明了似乎真的有天職的存在。正珉在短暫休息時都會坐得遠遠的，看著曹熙作業，從那副小小身軀湧現的手臂力量，真的很厲害。

「今天要做什麼呢？」

「小物為主，畢竟會有很多年輕人來嘛，要靠可愛決勝負囉！我打算做貓咪造型的筷架、牛角形的飾品盒之類的。」

「感覺會很可愛耶，除了陶土碗盤之外，看來還有很多東西能做呢！」

「那當然！妳要不要一起來跳蚤市集賣陶器呢？」

「我嗎？我這種新手中的新手又沒實力，不到能拿出來賣的程度吧。」

正珉搖搖手拒絕。

「陶器終究也是在比創意，妳不也想出墨西哥玉米片碗這種別人沒做過的特別設計嗎？就算是定價便宜一點也好，試著賣賣看吧，搞不好也有人在找這種形狀的碗盤啊。」

一旁基植也鼓舞了正珉，他自己也打算在這次的跳蚤市集賣花瓶，曹熙之前就先向他提議，這也會成為創業前一個好的經驗。正珉含糊地說自己沒有基植那樣的專業，但基植一副好像一直盯著她看就能說服得了她一樣，死命盯著正珉。

「好啦好啦，我知道了，我也出吧，可以嗎？」

正珉舉起雙手雙腳投降。一聽到想聽的答案，基植這才欣慰地點點頭。曹熙也說作品越多元，就越有機會讓客人停下腳步，並且大方表示會贊助燒窯和陶土的費用。

正珉決定製作咖啡杯和濾杯成套販售，也會製作少量墨西哥玉米片碗進行販售。把之前製作時親身使用後所感受到的問題進行補強，重新修正設計。雖然在跳蚤市集當前，突然搞出一件事要做並不符合正珉的計畫型人格，但既然曹熙和基植也一起進行，她反而覺得樂在其中，也很踏實。她重新補強了玉米片碗連接處，製作不同尺寸的咖啡杯，接著還在過濾杯打洞。外頭天色也不知不覺暗了，雖然白天變短，夜晚變長，正珉倒是很喜歡長夜，透過工坊落地窗看出去的冬夜美景也令人欣喜。

一整天的作業下來也讓三個人相當疲憊，忙到最近都沒時間烘焙的曹熙拿出麵包以外的點心，籐編籃子模樣的瓷器裡裝著滿滿的橘子和米餅，廣播主持人正唸著令人想哭但又會噗哧一笑，與聖誕節有關的寂寞故事。獲得聽眾最大聲嘆息和笑聲的當事人暱稱是「我獨自阿卡貝拉」，從名字就讓人覺得可憐的「我獨自阿卡貝拉」為了在聖誕節送給男友驚喜，預約了一家看得到首爾塔的高檔飯店。要訂到聖誕節當天的位子可說是與戰爭無異，但幸好她小時候買偶像演唱會門票的搶票實力有所發揮，可是她卻在聖誕節前幾天被男朋友甩了，當事人的括號裡還寫著「不是單純分手，而是毫不留情地被甩」。問題是那個預約訂位是十一月就訂好的，已經過了退費期限，連錢也浪費掉了。可是就在昨天，和平分手的前前──不記得到底是第幾任的──男友聯絡了她，於是她問DJ：「要不要跟那個人好好相處，也不浪費錢呢？」但她後面留言又補充，因為她把前前男友的電話刪了，連對方名字也不記得，還得再問一次對方姓名，這件事也讓三人原本強忍著的笑意爆發出來。

「根本不可能有人贏得了這則故事吧？」

在唸完留言，進廣告時，基植這麼說。

「我有一個比這更可憐的故事。」

正珉調皮地瞇著眼睛讓大家集中在自己身上，「我以前有談過辦公室戀情，結果聖誕節被甩了。」

「那男人也太爛了吧？」

曹熙一臉厭惡，氣得發抖說。

「但我到目前談過的戀愛……」

正珉一邊折手指算戀愛次數，一對上基植的目光又把手收起來。「我到目前談過的戀愛都是被甩的一方。」

「是不是那些男的有問題啊？又不是我們正珉甩別人的，為什麼啊？」

「說是不管跟我相處再久都覺得無法親近，甚至還說沒有跟人相處的感覺，說我像是什麼……很像書桌或衣櫃之類的家具，連動物都不是。」

「妳太不愛說話了。」正珉覺得自己已經夠嘰嘰喳喳了，但每次聽到的答案永遠都是這個。正珉也大概知道他們想聽到的「話」是什麼，但因為她也沒騙人，所以她覺得這樣也沒關係。是因為那些人沒有好好問問題，所以她也沒有必須說的義務。不是她刻意隱瞞，只是像小說一樣，在字裡行間留了點空白而已，她認為在戀愛關係中也需要留白。

「正珉明明有血有肉，雖然看不見，但身體裡也有血液流動著，也能摸得到啊。」

曹熙抓著正珉的肩膀，望眼欲穿地打量她。

「唉唷～好險不是家具，還是個人呢。」

「那當然，她可是我們工坊的寶貝會員，我有夠擔心正珉會離開我呢。」

正珉在離開二字感受到一股不為人知的悲涼，基植也是。

「我不會離開的，別擔心。」

正珉緊緊握著曹熙的雙手。

「我只希望至少聖誕節當天可以非常非常期待與悸動～」

第二部分以強行提高音量、用女性聲音說出旁白的DJ開始，播放著「我獨自阿卡貝拉」的點歌。是凱莉．克萊森的〈Underneath the tree〉。主持人一邊說著「Underneath the Seoul City」的玩笑話，用中低嗓音輕聲說，希望那天當事人能找到伴一起欣賞塔景，並且感受悸動。

一邊聽歌，正珉回顧了獨自度過的聖誕節，以及像廣播故事主角一樣，跟想不起名字的前男友們一起度過的幾次聖誕節。雖然肯定也有過很美好的時光，但卻沒有任何一個留下餘韻。即使一年之中最喜歡的日子不是她生日的四月某天，而是聖誕節，但不曉得是不是因為抱持過多期待，正珉從沒度過印象深刻的聖誕節。

曹熙回顧著和號洙一起過的最後一個聖誕節，基植回顧和亞拉共度的四個聖誕節，大家都好像被聖誕歌曲迷惑了，在歌曲的最後一句唱完，三人才好像沒發生過任何事情似地開始動身打掃。雖然心情好像剛去了趟時空旅行般恍惚，但今年聖誕節就快到了，可不能繼續沉浸在已逝去的聖誕節裡。

「正珉，在碗盤完全變硬之前先落款再走吧。」

「這可以蓋我的落款嗎？只是個無名作家做的陶器，乾脆沒有任何標示會不會更好啊？像大賣場賣的陶器那樣……」

「絕對不行！落款並不只是告訴大家這是誰做的陶器而已，買走這個陶器的人會因為這個落款更加記住那一天，平安夜的自己在栗刺村跟誰在一起，在那裡舉辦的跳蚤市集買了什麼，也會記得他是用什麼心情買下它的。落款是個幫助對方能更鮮明記住那一天的步驟。不會有人在大賣場買的無牌陶器裡留下珍貴回憶嘛。」

聽完曹熙說的話，正珉才修正為一定要蓋落款的心態。她不希望自己的陶器沒有任何回憶，就被塞在廚房櫥櫃一角。希望自己的陶器能幫助某個人的聖誕節更加印象深刻的話，正珉在玉米片碗側面和咖啡杯底蓋上落款，柔軟凝集的陶土，正珉的「珉」字刻在器物上，那是一份希望某人度過美好的一天，也希望那些寶貴時間能像玉石一樣，發出清脆聲響滾動的心情。

雖然製陶結束，但正珉和基植還有事要做。為了宣傳跳蚤市集，兩人決定在聖誕節前每天發布一則貼文到工坊ＩＧ。像最近流行的「BLOGMAS」或「VLOGMAS」[12]那樣，留下每天準備聖誕節的紀錄。近期正珉的「心意系列」

12. 源自於YouTube節日傳統，創作者會在十二月每天發布跟聖誕主題有關的內容，直到聖誕節當日。

獲得比想像中更高的人氣，追蹤人數也突破三千名。多虧於此，線上訂購量大幅成長，客人也會親自拜訪工坊，或是接到餐廳的大量訂單。正珉偶爾也會幫忙包貨，經營ＩＧ已經獲得落款印章，還不用支出燒窯費的正珉乾脆開始收兼職費，也是因為多了這件事要做。在正珉持續上傳ＩＧ貼文終於起了效果後，也讓她有了野心，在睡前瀏覽「照片和文字都很有感」、「文字好貼切」的留言和私訊也成了習慣之一，雖說會留言的人多半都是工坊會員和孝錫，或是蒼太。

在基植拍攝曹熙今天所做的小物時，正珉在思考該怎麼決定貼文的風格概念，現在需要比之前的小說篇幅更短，但又能誘發期待的內容。

「這次比較花時間呢。」

已經拍完照片，開始把檔案挪進筆電的基植觀察著正珉，因為正珉的筆記本依然空白，而且她看起來非常敏感。基植很喜歡正珉寫作時陷入苦惱的表情，他尊敬地看著就算是短短文案也不隨便下筆，會慎重思考的她，那專心致志的神情也刺激了基植的想像力，他在腦中盡情想像著他不認識的，正珉在企劃時期的模樣。

「該怎麼寫才好呢？希望是能一下就引人入勝的內容。」

「我懂妳的心情，但如果妳野心越大，創意也會變差，放輕鬆點。」

基植說看看照片搞不好會想到點子，於是他坐在正珉身邊，打開挪進筆電裡的照片，是單純記錄每一天的照片。整理著要上傳貼文的A版照片和上傳限時動態的B版照片的基植，也不知不覺有了新手老闆的樣子，當作為了創業練習而開始的商品照拍攝也讓他早一步脫離了業餘的感覺。

手工藝陶器與工業品不同的地方在於，不可能會有一模一樣的產品產出。就算是相同設計，但因為是人類手工製作的，不管是大小或模樣都多少會有些微差異，而且上釉當天的天氣和濕度也會影響顯色，這種些微差距對於不太懂陶藝的人來說可說是非常細瑣，也因此需要能將這種差異性展現出來的宣傳文案及照片構圖，所以他們倆才得常常一起討論「該怎麼宣傳」。正珉寫文章時，兩人會以多元主題開啟閒聊，偶爾正珉也會有突然靈光乍現的時候。這次是基植想盡辦法要幫上正珉一點忙，所以開啟了天南地北的話題，但沒有起到太大幫助。

「好吧，那我們回到原點，雖然這是一個非常原則性的話題，野狼狩獵失敗時都會回到第一次發現目標獵物的地方，慢慢復盤。我們也回頭一步步回顧主題吧，對妳來說，聖誕節是什麼樣的日子？」

「是我一年之中最喜歡的日子，比生日更喜歡，也是我最期待，最想要變得幸福的日子。」

看著照片，漫無目的滾動著視窗的正珉思索了一陣後回答。

「居然比生日更喜歡聖誕節，我還真是第一次聽說這種事。」

「生日只是我一個人的生日啊，只有我一個人很享受而已，但聖誕節有種大家都在生日的感覺，每個人都是主角！毫無理由地互相祝福，都很樂在其中嘛，我喜歡這種毫無理由的享受。」

「聽起來好像挺像一回事的……所有人都是主角的聖誕節，所有人的生日聖誕節，然後塑窯工坊推出的主力是碗盤和杯子，盛裝食物的碗盤，裝飲料的杯子。」

正珉用力鼓掌一聲，「就是這個！」然後就像湧泉噴發，立刻把湧現的想法寫下來。

「為了所有人的生日聖誕節所準備的生日餐，推薦適合烤雞、千層麵、史多倫[13]、濃湯、熱葡萄酒等在聖誕節吃的料理都可以用的碗盤！簡單附上如何製作的食譜。陶器的特性之一就是可以不分設備使用，能微波和進烤箱嘛，還可以順便突顯不論在什麼溫度下都很耐高溫的優點。」

正珉用基植的筆電把剛剛說的話快速寫下，她很常跟基植說的話就是，因為創意很容易揮發，不趕緊寫下來可不行。

基植的目光難以從正珉因為單純的開心而閃閃發光的臉上移開，正珉的臉上偶爾會出現不規則的純真，基植是因為她的這種表情才知道，原本的正珉也是個單純熱愛文字的人。

把點子統統寫下的正珉向基植伸出手，小手和大手碰撞發出聲響，正珉的手雖然不算小，但跟基植的手比起來也是偏小了。

「那對你而言，聖誕節是什麼樣的日子呢？我剛剛太興奮了，自顧自地一直講。」

正珉把筆電還給基植後，問道。

「其實對我來說，聖誕節就是憂鬱的本體，做好各種覺悟和決心開始的今年，最後好像也還是馬馬虎虎，沒什麼看點地度過了，就是一段安逸於一成不變的日常，陷入矯情的時間。就算新的一年到來，也還是在同樣的公司上班、見同

13. Stollen，一種質地像硬麵包，麵團裡會混入大量酒漬水果乾與堅果的德國聖誕點心。

樣的人、住在同樣的社區、吃一樣的食物，連同偶爾會喝的生啤酒也是一成不變，這麼不期不待也就只能感到憂鬱了。」

基植因為上揚的嘴角看起來時刻都是笑著的，但其實他大部分都是面無表情居多。他坦言只要到了聖誕節，他夾在那些開心結束這一年，期待著新年的人群中，常常感覺抗拒與格格不入感，每到這時候就會有種成了局外人的感覺。

「但今年聖誕節的感覺就不一樣了，因為明年會跟今年不同。所以我有一點期待高城這個新空間，以及會在那裡遇到的新的人。我本來很討厭聖誕節的悸動，但我現在終於稍微懂那是什麼樣的感覺。」

雖然最喜歡聖誕節，但總是把這天過得無聊至極的女人；雖然最討厭聖誕節，但好像終於明白那份悸動感為何的男人。沒特別期待會發生什麼有趣的事，只是希望會過得比普通的日子稍微有趣，也稍微好笑一點而已。他們所期待的聖誕節悸動，其實就像是從放鬆的肩膀上傳來的輕微顫動。

「外面下雪了。」

正珉帶著基植到外面。

是讓大家非常焦急，特別晚來的初雪。雪白冰冷的雪想獲得所有人的歡迎，等到這條街上的人統統感受到了悸動時，才終於降下大雪，初雪自己慎重地選了一個對每個人而言都有「某種意義」的日子到來。

正珉和基植同時把手向外伸，雪花的冰冷非常短暫且細微劃過掌心，當正珉看著基植的掌心，雪花已經變成了透明的水。

我想說

日山人竟然要去江南！縮著身體坐在M公車的狹小座位，前往江南高速巴士轉運站的正珉，感覺微微暈車。奔馳在江邊北路上，感覺已經過六、七座名字差不多的大橋了，但現在才剛要過元曉大橋而已。因為上週一則傳到工坊ＩＧ的私訊，正珉獻出舒適悠閒的平日白天，踏上來回超過三小時的江南地獄行。那是一則來自雖然稱不上有名，但出書頻率也算穩健的出版社訊息。

因為一邊準備跳蚤市集，ＩＧ發文也越來越活躍，才兩週就增加了五百個追蹤數，用可愛的狐狸電繪圖作為頭貼的出版社「南極狐狸」也是其中一個追蹤者，出版社冒冒失失地發了一封私訊給正珉，提出想和她出版書籍的提案，那個自稱是主編的人所說的話就像不停歇、持續突進的火車。

但就正珉的立場來說，她其實不能理解。上傳到ＩＧ的文字都很簡短，實在不曉得要怎麼用這些文字出書？在正珉的消極態度下，出版社說要約下週見面，並正式提出企劃案。也不知道該把這視為熱情還是有點無禮的行為，總之雖然不算非常愉快，但已經足夠激起正珉的好奇心了。當時的正珉雖然還摸不著頭緒該寫什麼文章，但她很確定自己以後也會繼續寫作。對於一切都還不明確，過著猶如一朵朵飄逸雲朵般的生活的正珉來說，所謂的確信，就算只有一項，意義也十分不同。

一進入江南，黑暗的交通壅塞就開始了，穿了好幾件衣服的正珉流了汗，好不容易才下車的她因為冷風襲擊，汗又一下就乾了，但因為瞬間被奪走體溫，也讓她渾身起雞皮疙瘩，好像是某種預測今天一整天狀態的前兆。

在不管怎麼看都長得一模一樣的長方型建築物之中，最老舊的大樓十三樓，是沒有走廊，整層都是辦公室的構造。一出電梯就聞到刺鼻的新書味，差點就讓正珉鬆懈了。被比香水更喜歡的紙張味道包圍，就會讓正珉心情躁動起來，舉止也會變得更活潑。

「妳好，請問是約好今天十點要來開會的劉作家嗎？」

「是，我是劉正珉。」

「一早就遠道而來，真是辛苦妳了，我是主編金奇泰。」

看起來很疲憊的臉色，戴著要壓抑那股疲憊的厚圓粗框眼鏡，休閒的燈芯絨紅色格紋襯衫和藍色寬褲，主編看起來跟網路上的語氣完全不同，看起來有點不耐煩，是個難以想像會用「『強烈』建議出版」這種用詞的人。主編引導正珉進到位於最裡面的會議室，他說他在過去幾天把塑窯工坊所有貼文統統看完了，也發現自己不知不覺開始期待新貼文的上傳，讓他久違燃起出版熱情，並以此為開頭，滔滔不絕地繼續說下去：

「我讀過非常多投稿作品，但已經好一段時間都沒找到能讓我一下就滿意的作品。可是一看到劉作家的作品，彷彿有種在這貧瘠的出版界裡，挖掘到一個新進作家的欣慰感與悸動……」

這語氣聽起來沒有期待正珉回答，比較接近自言自語，但又好像混雜了一點演技腔。他那絢爛的獨白持續到正珉入座為止，正珉認為主編可能是她過去在職場上經常見到的劇作系畢業的人也不一定。

年輕員工進門，用畫著跟帳號頭貼同一隻狐狸的塑膠杯泡了熱呼呼的咖啡，並把咖啡放在正珉面前。員工雖然坐在主編旁邊，但多話的主編好像忘記要介紹她了。女孩沒被介紹，只能在無名狀態下尷尬笑著，不斷重複著舉起又放下手中名片的動作，正在找適當時機插話的員工似乎已經很熟悉主編這種不夠細心的個性。

「這是我之前提到的企劃書，先請妳閱讀看看吧！」

上頭寫著「一千兩百五十度」的標題，副標為「劉正珉作家散文出版提案」，但「散文」二字已經讓正珉皺起眉頭。

「到我這個資歷的話，算是很清楚要怎麼提出版企劃了。老實說，劉作家的文章有很多需要修改的地方，我聽說妳之前是節目企劃，但節目旁白原稿和書的文體本身就是不一樣的，我是指口語體和書面體的部分。雖然這話聽起來可能會讓妳不太高興，但我覺得妳應該需要重新學寫作。不過題材是真的很棒，把耗費時間和努力製作陶器的過程中的感受以日記形式寫下來，可以讓現代人重新回顧何謂真心誠意。對一般人來說，講到『陶藝』通常會把它當成高品格興趣的藝術，感覺是跟世界背道而馳的故事，但事實上並非如此。透過捏陶的一連串過程，治癒在職場的疲憊身心的療癒短篇。雖然已經有很多用特別興趣進行療癒的散文出版，但我還沒在最近的書店看到『陶藝』這個關鍵字，這就是我們想要進攻的縫隙市場。」

正珉因為這個要她讀企劃書但又不給時間讀，自顧自地滔滔不絕的主編，根本無法專心讀企劃案，多話就算了，嗓門還大，反而讓她有點耳鳴。

「啊，妳應該會很好奇標題為什麼是一千兩百五十度，這還只是暫定而已，是需要跟作家討論的部分。『必須要先撐過那炎熱高溫的燒窯才會變成陶器，不管花再多工夫和努力，只能靠陶器自己撐過那個高溫，我覺得這就跟人際關係一樣。』在『心意系列』中不是有寫過這段文字嗎？我看到這裡就有感覺了，就是溫度！雖然我寫企劃書本來就很快，但真的很久沒有一個晚上就寫出來了，在想到明確書名時要做企劃真的很容易。」

主編不斷說出「感覺」、「直覺」這種會降低自己專業性的單字。

「但我對於陶藝的專業知識幾乎趨近於零，如果把書名定成這樣，對我來說是種壓力。」

「那簽約金和抽成的話，畢竟是第一部作品……」

主編看起來是假裝沒聽到正珉說的話，但也很像是因為在主編工作久違感受到熱情，才沒聽到正珉說話。總之對方就是堅持把自己要說的話統統說完，身旁那個不曉得是行銷人員還是編輯人員的女孩依然露出那個看得到牙套，尷尬到只有眼睛在笑的笑容。她的眼神好像在說著「雖然我們主編不夠好，但還是請妳積極考慮我們的企劃」的感覺。

忍無可忍的正珉打斷主編的話，正襟危坐地說：

「等一下，我有話要先說。我雖然對出版有興趣，但我不想寫散文。你有看過ＩＧ應該也很清楚，我上傳的形式主要都是小說，我也從沒想過要寫散文。重點是我的故事沒有多到足以寫散文的程度，也不是什麼已經濃縮了生活智慧的人。」

「結果那部小說的主角有靜，是代入了作家本人故事的人物吧？雖然是小說形式，但我覺得從內容來看就跟散文無異，而且最近的出版趨勢是散文，這對新人作家而言，進入壁壘也是最低的。」

「是我的故事沒錯，有靜就是我，但我的勇氣已經收斂為０，沒辦法堂堂正正地寫，得躲在不同名字的人物後才好不容易寫出這個故事。」

正珉堅決的語氣似乎讓主編有點慌張。

正珉從以前就不太喜歡讀散文，她認為那是打破了無力感和憂鬱高牆，成功克服困難，終於走進世界的人所寫的勳章般的書。當年的正珉已經徹底崩潰，前面那些已經克服無力感的人們的故事，別說是安慰了，反而讓她的自尊感陷入谷底，甚至還引發醜陋的忌妒。雖然會想著自己總有一天也能克服這一切，寫出那種文章吧？但答案是No。要把自身故事攤開在不特定多數人面前，其實需要很大的勇氣，對於連跟身邊好友也說不出自己現在狀態的正珉而言，看起來是不可能的。

正珉把剩下的咖啡喝完，來這裡的車費三千韓元、來回六千，這筆錢就當成去了昂貴的連鎖咖啡廳喝杯咖啡就算了，她用這樣的想法安撫自己被主編翻攪的內心，但這咖啡其實很澀口，苦味很強，但也因為這就跟任何一家大型連鎖店的味道沒有兩樣，就更能接受「就當作有喝了」這個想法。

主編沒有挽留起身離開的正珉，但說了句如果改變心意隨時都能再聯絡他，他直到這時才遞出了名片，就連在這個當下都好像還想急著再講點什麼，嘴唇抽動了一下。主編身旁的女人趕緊遞上名片，從整段對話中都沒辦法插嘴的女人表情中，正珉能感覺到一股莫名的同質感。

錯過往日山的M公車就表示必須獨自站在站牌等三十分鐘。大家可能都待在開著溫暖暖氣的公司裡，平日白天的江南看起來人煙稀少，在外頭移動的物體好像只有車子而已。隨著車子穿越，吹起讓人心情不好的風，正珉不想把手從大衣口袋拿出來，但因為大聲響起的手機，逼得她得把右手拿出來。是很久不見的具企劃來電。

「喂？」

「喔，是我。」

具企劃是和正珉同甘共苦超過兩年，一起製作紀錄片的主要企劃，在正珉向組長頂嘴後，這是她們第一次私下聯絡。

「具企劃，好久不見了，我應該先打給妳的……」

「沒事，我只是想問問妳最近還有沒有在做企劃，那時候不是說妳要休息嗎？」

是因為當時那件事才打來的嗎？想起當時的肅殺氣氛，正珉就像戴了度數不符的厚重眼鏡，頭有點暈。

「對，目前還在休息。」

「我是因為私事才打給妳的。」

聽這語氣應該不是跟公司有關的事，正珉鬆了一口氣，但從具企劃一開口說話，正珉就直覺這通電話不是十分鐘就能輕鬆帶過的，她已經太懂具企劃的來電模式，對方總會突然打來講她想拜託的事，但大部分都是可以傳訊息解決，不是太急迫的內容。

雖然正珉左右手交替拿手機，試著撐過這段通話時間，但問題出在腳。明明每到冬天就受手腳冰冷所苦，也還是會忘記要多穿幾層襪子出門。最後她放棄了公車，前往地鐵站，搭公車可以一次抵達家門口，但地鐵就要換乘好幾次，很麻煩。

「就是呢，我不久前製作了散文平台『Different』徵文比賽得獎作的書籍預告片，我聽相關人員說今年也有舉辦徵文比賽，但我在做影片看到的那些作品其實也沒到非常優秀，都會讓我懷疑這真的是得獎作嗎？我打給妳只是覺得妳也可以挑戰看看，雖然徵文比賽的競爭非常激烈……啊，妳現在方便講電話嗎？突然變得好吵。」

一進入地鐵站，就緊連著好像會因為人潮而窒息的高速巴士地下街。大同小異的店家，清一色都只掛著女裝，五千韓元驚天價讓人懷疑到底能不能損益平衡……真的讓人迷路得暈頭轉向。

「啊，因為我剛剛走進地鐵站，是不是很吵？」

正珉雖然內心有點期待具企劃可以先掛電話，但根本門都沒有，具企劃聽到正珉模糊結尾的句子，說了句「那我趕快說」，就把正珉的小小願望踹得老遠。

「競爭是挺激烈的，但我畢竟也是寫節目原稿超過十五年的人啊，雖然有點難為情，但我也想要參加看看。我從去年開始就寫了幾則散文，該說是揭發電視台弊端的告白嗎？從收視率的秘密開始，到占製作費最低比例的企劃薪水，惡劣的工作環境等等，雖然有用假名，但也擔心認識的導演看到，因為內容大部分都在罵導演。反正呢，我會把連結傳給妳，妳可以幫我投票一下嗎？如果能分享給身邊的年輕朋友就更謝謝妳了。」

「妳之前不也常說想出書嗎？我收到連結會廣傳分享的，也一定會投票，真心為妳加油。」

正珉專挑具企劃想聽的話快速說完。

「好，如果妳有兩個帳號，兩個都投票就更謝謝囉！」

終於結束通話，具企劃並不是想起正珉，只是想提自己的散文而已。要是正珉沒進入嘈雜的地鐵站，具企劃應該會把第一部到第四部的內容預告都分享給她聽。正珉的頭很暈，綜合起來，是因為從寒冷的外頭進到溫暖的地鐵站裡，以及具企劃這通突如其來的通話，在這過程中，聊天軟體還響起可能是具企劃傳連結來的數次通知聲。

回家路上都在回具企劃訊息的正珉有種「回過神來已到家門口」的感覺，地鐵路程一個半小時內都盯著小小的手機螢幕，正珉的眼睛特別緊繃，也加倍疲勞。

——我今天晚上會讀讀妳的文章。

對於或許是因為久違聯絡，話特別多的具企劃忍無可忍，正珉先畫下了對話句點，這句話就跟口頭服務差不多，今天的她也有很多想說的話，於是她立刻打給了基植。

對著很快接起電話的基植，正珉用「我今天發生了一件事……」起頭，原本坐在沙發上看著無聊綜藝節目的基植似乎也直覺這通電話會很久，為了避免中途因為腿麻，中斷了正珉說話，還先改成最舒適的姿勢，擔心無法專心聽正珉說話，還把電視音量調整為零。在變成靜音的電視畫面中，諧星們反覆著自顧自地講話跟發笑，基植已經準備好要聽正珉的故事了。

總有特別想講自己故事的日子，包含現在大概正抓著頭，物色新作家的主編，或是又打電話給其他後輩的具企劃，還有打給基植的正珉也是，這是一個非常想大聊特聊的一天。

聖誕節跳蚤市集

讓雨勢下到深夜的二十三號天氣相形失色，平安夜的天空蔚藍得讓人感到沁涼。與在水色天空中慵懶游泳的雲朵不同，栗刺村中央公園很是忙碌。曹熙、正珉和基植忙上忙下，蒼太也幫了忙，公園四處穿梭著裹著圍巾的人們，大家都在享受著聖誕節的前一天。

下午兩點，吃過午餐的人們從餐廳湧出，陸續聚集在公園。塑窯工坊的攤位剛好就在出入口旁邊，是進出公園的人匯集的地方，只要有進入公園，就至少會注意到兩次的絕佳位置。

塑窯工坊攤位的第一次銷售很成功，在附近大樓購入新婚房的新婚夫妻用明朗的聲音嘰嘰喳喳分享他們想怎麼布置新家，想用能使用很久的物品填滿家裡的男人緊牽著挽著他手臂的女人的手。曹熙的圓形飯碗很適合他們所描述的新家，是沒有刻意裝飾，感覺會一直在那個位置上，非常穩重的碗。手捏陶的痕跡原封不動地呈現，在作業過程中，視線會特別停留的地方也特別容易留下痕跡，因為肉眼可見，就會又去修補一次，留下痕跡，這和他們夫妻看著彼此的眼神很像。

正珉打包了碗，也沒忘記放入小卡。這是曹熙準備的小活動，每張小卡都寫著不同的聖誕歌曲以及推薦原因，受到購入數百張黑膠唱片收藏，幾乎是音樂愛好家的號洙影響，曹熙也對音樂有獨到見解。雖然因為是寫在小卡上，無從得知是哪首歌被推薦給這對夫妻，但正珉內心期待會是能增添新婚氣息的爵士聖誕歌曲，希望他們的新家可以因為飯碗和小卡，多累積一層冬天的回憶。

第二組客人是將一頭長如白雪的頭髮綁起來的女人，又長又直的脖子最先引人注目，刻在臉上的皺紋猶如人生勳章，不曉得是否年過六旬？但這些都只是猜測。

「有千層麵用的烤盤嗎？」

冷靜又低沉的嗓音，基植用手肘微微戳了一下正珉，輕聲說：「這題應該要妳來回答喔。」正珉趕緊把千層麵的烤盤放在客人面前答道。

「這裡有千層麵用的烤盤，都是青綠色，總共有三種尺寸。」

女人看著只有尺寸差異的烤盤，特別留心地盯著看了好一會，最後選了最大的尺寸。很機靈的蒼太從桌下拿出最大的箱子給正珉，正珉用報紙包了兩層，再放進緩衝充氣袋問道。

「請問是看了ＩＧ消息過來的嗎？」

「原來那個叫ＩＧ啊，我那個睽違幾年才回韓國的孫女從幾個禮拜前就說她想吃千層麵，我跟孫女小時候兩個人在布拉格生活，星期天會一起去教堂作彌撒，午餐也經常吃千層麵。她可能是懷念當時的味道吧，但我卻找不到烤箱用的容器，我叫她把可以購買的連結或資訊傳給我，她就傳了這張照片，因為能在跳蚤市集買，我就在買菜回家的路上繞過來看看。」

女人指著裝滿食材的購物袋，從探出頭的食材就能看出她的期待。

「連我都好奇那個千層麵的味道了呢。」

在寒冬中吃到的熱騰騰千層麵，正珉舔了舔嘴。

「其實我也不像其他奶奶有什麼獨門食譜，跟你們上傳的做法也沒太大差別。搞不好那個孩子想記住的不是千層麵的味道，而是布拉格的冬天和國中時期的自己，或許還有稍微年輕一點的奶奶吧。如果是這樣，那我也只能把這個盤子遞給那孩子了，它長得跟我幾年前在布拉格用的千層麵烤盤非常相像，看到這個亮晶晶的青綠色，我就知道孫女為什麼會推薦我這個工坊的碗盤了。」

正珉上傳到ＩＧ的「適合千層麵的碗盤」讓這個女人想起她珍藏的布拉格回憶，從不算太特別的東西裡再次探出頭的回憶，好神秘。

「是我們老師說想把這個盤子做成青綠色的，看來這是冥冥之中為您所做的安排吧。」

正珉把包裝完成的購物袋遞給女人，感覺這個烤盤的主人打從一開始就是她，她又補了句自己的擔憂：「我應該不會認不出好久不見的孩子吧？還是我太老了，讓那孩子認不出我……」在孫女上國中那年，孩子父母也到了布拉格，而思鄉病嚴重的自己就先回到韓國，所以至少也有十年沒見面了。

「不可能認不得的，至少孫女也會認出您的，她畢竟是個連奶奶用什麼烤盤裝千層麵都記得的孫女啊。」

女人這才終於露出放心笑容。

「哎呀，我太多話了，她現在應該在飛機上了……在孫女回來之前，我得趕緊回去準備食物了。」

女人在離開攤位前又回頭向正珉說：

「祝妳有個溫暖的一天。」

不是「聖誕快樂」而是日常問候，反而更能感受到真心。正珉也笑著對女人說：「祝您有個愉快的一天。」對那個女人而言，與其說今天是平安夜，和孫女一起共度的日子具有更大的意義。捧著購物袋的她，左手第二根手指戴著老舊的念珠金戒指，正珉希望小卡推薦的聖誕歌是一首用不知名語言唱的平靜讚頌歌，希望那首歌能像魔毯一樣，載著奶奶和孫女穿越到陌生他國的冬天裡。

基植的花瓶不分男女老少都擁有高人氣，寬度較窄的花瓶也很多人問，以黑色鑽石花紋為主的外型看起來十分特別。有一次是衣服髒亂，身上有著濃郁汗臭味的男人盯著花瓶看了好久。

「請問是在找花瓶嗎？」

聽到基植的詢問，男人也依然默默不答，基植一直等到客人主動發話。

「這個花紋……是怎麼加……進去的？」

斷斷續續的單字和口齒不清的語氣，而且還講半語。

「在燒窯前先用黑色顏料塗的，這個顏料比較特殊，即使在高溫下也不會褪色，顏色很鮮明。」

男人用大拇指搓揉花紋，試圖確認顏色會不會糊掉，指甲縫還卡著汙垢。

「這種東西……誰都可以……學嗎？」

基植稍微將身體傾向男人那側，接著攤開自己的手。

「那當然，像我這種手不夠纖細的人也做得出來喔。」

男人靜靜地從輕量羽絨外套內袋掏出現金，一張五萬韓幣、兩張一萬韓幣、一張五千韓幣、五張一千韓幣。也不理睬基植說要幫他包裝，就直接抱著花瓶離開了。

大部分的客人都只關心陶器應該用在哪裡，但不會好奇這東西是怎麼做的。然而那個男人卻像基植第一次向曹熙買陶器時一樣，先問了「這個陶器是怎麼做的？」，他相信那個神秘客會細細品味這個陶器，並發現這個陶器裡所蘊含的誠意與魅力。當男人在花瓶裡種入非常珍貴的東西，就算不是陶器，他應該也會做出什麼東西吧？基植帶著一副好心情，想像著自己的陶器會為人們帶來什麼變化。

雖然客人不到一擁而上，但也持續會有幾個人在攤位前徘徊。大概有兩成客人都是看到正珉上傳的ＩＧ貼文「大家的生日，聖誕節」而來，正珉感受到一股難以言喻的飽滿，居然有人因為自己寫的文字被打動，甚至來到這個地方，這簡直就是「聖誕奇蹟」。

曹熙的碗盤和小物以及基植的陶器都接二連三地，為了承載客人的回憶而售出，但正珉的墨西哥玉米片碗及咖啡杯卻是一個也沒賣出去。即使分別為一萬五千韓元和一萬韓元的低廉價格，但沒被客人選擇也還是讓正珉藏不住失望。

然後蒼太向正珉遞出了鯛魚燒。

「要紅豆還是奶油？」

正珉現在整個人很凝重，結果卻聽到外國人問這個問題，讓她無言到忍不住笑出來。蒼太說：「我是以生活品牌設計師說這句話的，妳的陶器真的非常優秀。」替正珉打打氣。但正珉早就知道曹熙和蒼太常掛在嘴邊的「優秀」其實就是「雖然不算非常優秀但還是想稱讚別人的時候」會講的話。正珉和蒼太以一個不在意鯛魚燒應該要先吃頭還是尾巴的狀態狼吞虎嚥，此時，有個小男孩走近。

「請問最便宜的是多少錢？」

難得一見的大雙眼皮、大眼，以及古銅色肌膚，看起來跟某個人長得很像。

「最便宜的是這個咖啡杯，一萬元，稍微大一點的墨西哥玉米片碗則是一萬五千元。」

客人找的不是符合用途的碗盤，以「最便宜」的碗盤推出自己做的陶器，實在是很讓人難為情。

小男孩圓滾滾的瞳孔轉動著，端詳著碗盤。

「這個是因為有裂掉，或做到一半做錯才賣這麼便宜嗎？」

孩子直勾勾盯著正珉，尖銳地提問。正珉配合客人身高蹲下來看到他的臉，這才想起對方是誰。

「不是這樣的，這裡只賣沒有裂痕，很堅固的碗盤。只是因為這是新手做的，所以才賣比較便宜。」

突然一個影子籠罩著縮坐的正珉，一抬頭才發現是藝莉。

「姐，他是我弟，因為我媽生日是聖誕節，他正在挑禮物。」

兩個人相像到被說是雙胞胎也不意外，只是藝莉比其他同齡人更高，男孩子又比同齡人矮一點，體型也偏小。

「藝莉，好久不見了！媽媽的生日居然在聖誕節，那就是雙倍的享受呢。」

藝莉聳聳肩，不以為意地說「都一樣啦」。藝莉最近搬到比較遠的地方，就不能常來工坊和正珉家。她淡淡地跟正珉說這次搬的新家跟舊家差不多大，所以她還沒辦法帶走浩亞。正珉雖然想白送藝莉弟弟一個碗盤，但看著慎重挑選禮物的姐弟，她也不敢貿然說出這種話。

「這個玉米片碗的用途是什麼啊？這個沒來由黏在旁邊的小碗又是什麼？」

精明的藝莉代替弟弟，詳細詢問碗盤的實用性。

「可以一次裝入玉米片和起司醬的碗，如果當成泡麵碗來用，旁邊的小碟子可以裝辛奇，吃餃子時也能把它當醬油碟用，雖然長得比較粗糙一點，但用途滿廣的。」

「這設計真的好像姐姐喔，但感覺可以少洗一個碗，挺不錯的。」

藝莉說服弟弟買下這個碗，反正都是自己要代替忙碌的媽媽洗碗，選這個碗是最好的。小男孩雖然看起來不是非常滿意，但還是點了頭。

在正珉包裝陶器時，藝莉和工坊其他人打了招呼，接著發生正珉擔心的事，藝莉得知了最近準已經不來工坊的事實。雖然她佯裝若無其事，但從側面可以看到藝莉的臉頰鼓鼓的。即便如此，藝莉說她還是會來參加跳蚤市集結束後的聖誕派對。曹熙給了藝莉和弟弟各一顆糖果，用邪惡魔女的語氣說晚上七點來工坊，就會有很多好吃的食物。藝莉假裝沒興趣又冷冷地說「老師，萬聖節已經過很久了」，但還是說她一定會赴約。

以藝莉姐弟為始，正珉的碗盤也陸續售出，像藝莉弟弟一樣要買禮物送給父母的小孩子，或憑著微薄打工費要妝點小套房的大學生，也有為了用掉剩得很尷尬的地區禮券而買走正珉碗盤的主婦。不管是什麼理由，正珉想到這些碗盤都能在那些人的廚房裡，默默做好自己的角色，就覺得心情很好。在最後一個特別白的咖啡杯售出後，塑窯工坊的所有展售架都空了，完售。那個當下既覺得輕鬆，但也湧上一股空虛，那些填滿正珉內心，很沉重的東西也好像統統排出去了。

「雖然這是我作為陶藝家，每次都會體會到的情緒，但還是很不適應，看到空貨架雖然開心，但也總是覺得虛無。」

「老師，我也是。感覺我努力的這段時間也跟著消失了，好空虛。」

蒼太在身後摟住曹熙和正珉垂下的肩膀。

「這句話表示，曹熙和正珉就是付出了這麼多心力製作陶器吧。」

會感到虛無，是有付出心力的人理所當然會有的感覺，正珉因而安心。與一年前因為害怕面對虛無，頭也不回地逃跑不同，現在的她對自己的工作著迷，也想付出足夠多的時間去做，想再次享受那一針一線，創造出一天的快樂。

跳蚤市集結束後，為了收拾東西，大家都回到工坊。工坊裡的溫度跟外面無異，即使添加了四人的體溫，工坊裡每個角落都還是充滿寒氣。曹熙說今天的重頭戲就是現在，同時迅速拿出食物。將從附近餐廳提前打包回來的烤雞、焗烤義大利麵和披薩加熱，才終於讓包圍著工坊的寒氣逐漸消散。蒼太打開前一天準備的小型聖誕樹燈具，基植則是和正珉一起布置餐桌。

「我準備了紅酒要來慶祝，雖然不知道合不合所有人的胃口，但這是店長強力推薦的。」

基植拿出兩瓶不同種類的紅酒。

「聖誕節果然就是要配紅酒啊，食物搭配也是如此，基植很有sense喔！」

曹熙拿出紅酒杯，面露喜色。

「一方面慶祝成功結束的跳蚤市集擺攤，我今天也是最後一天來工坊嘛，總不能不分享慶祝酒啊。」

基植在高城工坊正式開幕前會提前過去準備，原本彎著腰鋪桌布的正珉一聽到基植的話，眼淚差點奪眶而出，她到現在還沒準備好該怎麼跟對方做最後的道別。

「這是我的禮物，是名匠做的蛋糕，在聖誕節一定要吃雪白的鮮奶油草莓蛋糕算是我個人的傳統。」

正珉刻意假裝活潑，拿出她一早特地先繞來藏的蛋糕。

「連妳也……謝謝，本來還打算全部由我招待的。」

曹熙雙手交握，露出感動的表情。

裝盤後的食物看起來賣相極佳，立著聖誕老人造型冰淇淋餅乾的蛋糕一上桌，這才終於有了平安夜的實感。此時，有人很熟門熟路地打開工坊的門。

「準！」

「我才在想說你什麼時候要來！」

「快過來！」

大家各說了一句，準難為情地笑著頂嘴：

「我忘了要把衣服還給基植哥了，沒想到居然在開派對。」

因為還在備考期間，大家其實沒有期待準會來，但竟然來了。曹熙抱住準，說了好幾次辛苦了，接著問他吃晚餐了沒。準雖然已經早早吃過飯，但還是為了曹熙說出還沒吃的善意謊言。基植和蒼太把放在工坊一角的兩人用沙發拖過來，準備了準也能一起入坐的位置。之後藝莉一到，除了智慧以外的工坊核心成員統統團聚了。

藝莉一看到準就露出微笑，臉還微微發紅。藝莉從夏天就一直哀嘆著自己跟準的年齡差距，希望聖誕節能早點到，讓她能趕快再長一歲，正珉把準旁邊的沙發位讓給了她。

蒼太假裝自己是高級餐廳的服務生，在每個人的紅酒杯裡莊重地倒入紅酒。看到這個很不適合蒼太的舉止，大家都笑個不停。蒼太在為準和藝莉倒入充滿果肉的柳橙汁時也不例外地轉動瓶身，說了句「Enjoy」。即使被噓適可而止，大家還是急忙拿出手機把這個搞笑模樣拍起來。

為了大家所準備的聖誕生日餐完成了，因為蒼太的表演，蠟燭也不斷流出蠟油，在感覺蠟油快要滴到蛋糕的驚險時刻，大家才深吸一口氣把蠟燭吹熄。在大聲高喊著聖誕快樂的大人間，藝莉緊握著雙手默默祈禱，安靜等著藝莉許完願望的大人們都是清一色調皮的表情。過了許久才睜開眼睛的藝莉雖然很害羞地說了句「幹嘛啦」，但也多虧於此，大家才又能笑得更加盡興開心。

「我有話要說。」

在大家各自閒聊著在市集上遇到印象最深刻的客人時，準突然開口。因為準會主動開口說話是非常罕見的事，大家的目光瞬間轉到他身上，準有點壓力地稍微把身體遠離桌子。

「我本來沒有太期待，但我申請上了第一志願學校的陶藝系，所以現在也不管什麼考試了，正在大玩特玩。」

大家都當成自己的事一樣開心鼓掌，基植用力摸摸準的頭說，他早就知道會是這個結果了。

「我一開始還在想說到底要不要高興，所以才來不了工坊。其實我比起陶藝，更想要畫畫，我把這個想法跟父母說了之後，他們也如同我的預期，非常生氣，直到目前為止也還在冷戰中。但我還是想要挑戰看看，陶藝系也不代表我完全不能畫畫，可以在陶器上畫畫，也可以選擇雙主修。重點是我現在想選擇我自己要走的路，可能是智慧姐說過的話讓我覺醒了吧，雖然她現在不在這裡。」

準把最後幾句話快速說完，大口喝下柳橙汁，有十雙眼睛看著自己講話真是壓力太大了。

「準！這裡顏料很多，如果你找不到合適的地點，隨時都歡迎你來工坊！我會永遠空個位子給你！」

聽到曹熙這番再踏實不過的話，準這才卸下緊張地笑了。幾乎是第一次看到準這麼自在的笑容，正珉雙手摀著臉感謝這一切，很像AI的準原來也有表情啊，而且居然還想畫畫！這才終於讓她解開為什麼準在工坊裡總顯得悶悶不樂的疑問，也很謝謝欣然告訴大家內心話的他。

準的錄取消息也讓這小小的聖誕派對變得更加火熱。

「正珉！妳不也有話要說嗎？」

基植切了一片蛋糕放在正珉的盤子，悄聲說道。正珉瞪大著眼睛送出要他閉嘴的信號，但基植卻不以為意。

「妳最近不也有個不錯的機會嗎？理應被大家恭喜的事，就該說出來讓大家知道啊。」

這次是所有目光都集中在正珉身上，催聲說著「姐姐，什麼事？」的藝莉，以及用讓人倍感壓力又深沉的眼神看著正珉嘴巴的曹熙，正珉本來沒打算跟工坊的人說上週跟出版社開會的事，現在的她顯得十分慌張。基植向原本想用不是什麼大事而含糊帶過的她偷偷眨了個眼，像在說著「妳可以的」為她加油。

「其實不久前，工坊ＩＧ帳號收到出版社傳來的訊息，說是覺得貼文很不錯，想把它出版成書。」

才講到這裡，就已經一陣掌聲洗禮。

「等一下，現在恭喜就太早了！先講結論的話，出版提議破裂了。」

「光是有收到提案就很厲害了啊，最近寫作的人這麼多耶！看來妳是有潛力的吧，噢，是很大的可能性！」

蒼太炫耀著自己先看出正珉能力的眼光，曹熙壓住他的肩膀說：

「你先不要吵！現在是正珉的時間，我可以問為什麼協商破裂嗎？」

「出版社想以散文形式出版，但我是想寫小說的，所以就拒絕了。我本來也不知道我想寫什麼，但透過這次跟出版社開會我就知道了。啊，原來我是想寫小說的，所以我打算把貼文整理一下，好好寫部小說，去參加徵文比賽，也向出版社投稿。我其實也沒料到我會又開始寫小說，二十出頭的時候投稿《新春文藝》一直落榜帶給我很大的挫折，我以為自己在那之後就會完全放棄這個夢想了，看來不是這樣的，怎麼是我自己最不懂我的心呢。」

「正珉，我覺得我快哭了。」

曹熙又補了句「上了年紀變得特別誇張」做出假裝拭淚的動作。

「這都是多虧了老師，是妳信任我才把帳號交給我的啊，所以才會有這種機會找上我。」

「每次貼文上傳都讓我覺得妳的文字真的很溫暖，居然要用這個當成基礎來寫小說……我可以當頭號讀者嗎？」

曹熙向正珉舉杯。

「那當然！雖然根本還沒出版。」

「等一下，那我要當頭號粉絲。」

基植也不甘示弱地遞出杯子，蒼太、準、藝莉也舉起杯子，大家一起乾杯。曹熙說：「跳蚤市集成功、準大學合格、正珉出版提案、基植的工坊創業以及……」接著把所有的恭喜濃縮成「敬大家！」一句短短的乾杯詞。還沒來得及從今年發生的所有變化中清醒，大家的杯子碰在一起，彷彿是害怕這股幸福就要消逝，所有人都覺得此時此刻彌足珍貴。

派對上的聊天持續到焗烤義大利麵冷掉之時，只有大人們留下的夜晚。多虧有基植買的紅酒，大家都略有醉意，下酒菜也不知不覺換成曹熙很快做好的手指食物，第二輪開始，原本離得老遠的基植也不知不覺坐到正珉的鄰座。

「正珉，妳要跟我去高城嗎？」

基植拿了一份點心，突然這麼說。曹熙和蒼太沉浸在回憶中，看起來沒聽到基植和正珉的對話。正珉的酒完全醒了，但基植的臉色讓人分不清是喝醉了還是清醒，膚色跟平常一樣，就像白熊一樣白。正珉自己在家裡邊摸浩亞邊想像的事發生了——「萬一他約我跟他一起去高城……」感覺在這句話後面添加難以啟齒的甜蜜想像的她被發現了，同時感受到一股微妙的羞恥。本以為自己也隱約期待著基植的提議，但實際聽到卻好像不是特別甘心。

「請妳負責經營咖啡廳，也可以看著大海寫作。在咖啡廳可以看到很寬廣的大海，雖然現在是冬天，但夏天會有很多衝浪客，如果偶爾想要捏陶也可以過來工坊，咖啡廳和工坊之間是有通道的，咖啡廳又是人來人往的空間，這對寫作是不是也會有幫助？當然這也不是全部的理由啦……我好像把我的想法未經過濾統統說出來了。」

基植一開始還用一股氣勢提議一起去高城，但看到正珉不冷不熱的反應，聲音也變得越來越小。

「因為是出乎意料的提議，我可能沒辦法立刻回答你，坦白說我現在也有點混亂。」

正珉為了隱藏自己僅存的一點醉意，刻意一句句話壓著講。她也三十歲了，跟著對方去高城並不是只靠著喜歡對方的心就能作決定的問題。

「是啊，太突然了。我是一直都有在想才提的，但對妳而言肯定是很突然，我懂，是我太急了……」

基植有點難為情地變換姿勢，正襟危坐。

「什麼意思？這是在挖角嗎？」

從基植所說的話依稀聽到幾個關鍵字的蒼太插入兩人話題。

「啊，嗯，可以這麼說，正珉是個會讓人很想爭取的人才嘛。」

基植多虧了蒼太才好不容易從這尷尬狀況脫身。

「沒錯，我一開始也想挖正珉來我們公司，但她說她討厭被綁在某個地方，就一口拒絕我了。當時我差點就傷透心，但今天聽到她說想寫小說我就懂了。如果想做的事情占據內心這麼大一個位置，總不能被其他工作綁住嘛。」

「誰都會討厭被綁在某個地方……」

基植反覆說著蒼太的最後一句話，他的表情有一點點僵硬，幾乎是只有坐在旁邊的正珉才能發現的程度。

雖然沒有刻意，也不希望變成如此，基植害怕自己的提議是不是會像蒼太所言，讓正珉有這種感覺。對他而言，高城雖然是個新挑戰與開拓，但對正珉來說搞不好只是座沉悶的孤島而已。一想到此，他的內心就立刻沉入深海，突然想起他之前向亞拉提議一起去高城卻被拒絕的事。當時亞拉說：「你總是只想像好的狀況。」自己對正珉說的那些話，搞不好也只是基植個人想像中的美好畫面而已。看著大海寫作、沖泡咖啡、週末燒陶……這些不夠體諒對方的話讓他湧上一陣後悔，拋出這些思慮欠周的話，也讓他對自己的愚蠢感到生氣。基植舉杯向正珉道歉，這是他第一次在甜甜的紅酒裡嘗到苦味，就連用起司漱個口的想法也沒有，雖然他刻意多喝了點酒，但也沒有喝醉，相當清醒。

在正珉詫異的反應後，基植就背對正珉而坐，只跟蒼太聊天了，不對，應該是只聽著蒼太講話。

正珉偷瞄他的側臉，也發現對方早已醒酒了。正珉偷偷想像著跟他一起去高城的生活時，還常常露出淺淺的笑容，但當她接二連三想到必須放棄的東西時，微笑又會立刻消逝。在這個挑戰新夢想的重要時刻，她不想作出任何無謀的冒險，必須把自己飄飄然的心收回來。當正珉內心還在驚慌失措，基植卻搶先一步試著踏入她的內心，但正珉沒辦法立刻開啟她的心門。也許是還沒有足夠的空間讓對方從容進入，正珉的心逐漸變得不安，彷彿隨時會崩潰。

意識朦朧的蒼太把雙手搭在曹熙肩上說：「曹熙交給我，你們都趕緊回家吧。」但看起來反而是他喝得更醉。曹熙一臉覺得噁心，甩開蒼太的手，感覺是她要送蒼太回家了，於是她問正珉和基植能不能幫忙收拾善後。正珉雖然想避免跟基植單獨相處，但因為蒼太的狀態看起來真的不是太好，也無可奈何，基植則是不發一語地先開始收拾。

兩人在把剩餘的食物和桌子清掉的過程中都沒有說話，就連要打破這股尷尬都倍感壓力。正珉最後把垃圾袋塞滿，準備要離開時，基植叫住了她。

「還沒整理完。」

「看起來好像都差不多了啊？」

基植走向窯場最深處，正珉跟著他過去，看到去年夏天工坊重新開張到現在，會員們做壞的一堆陶器，可謂是陶器的墳墓——陶塚。再加上這一個月的跳蚤市集準備期間，因為各種原因無法成為販售商品的碗盤與花瓶，數量幾乎翻了一倍。要不是裂掉，不然就是扭曲，更嚴重的還有破掉的，甚至還有幾個是沒烤過就已經歪七扭八的器物。

「在一年的最後必須把這些統統敲碎，才比較容易拿去丟。」

才剛講完，基植立刻拿起一個小碗，丟進裝著陶器的金屬圓桶。小碗發出哐啷聲，碎成好幾片。基植毫不遲疑地挑出自己做失敗的陶器，尖銳的聲音讓正珉瑟縮，但看著那個行為又讓後腦勺一陣酸楚，感受到一股莫名的淨化宣洩。相較於其他會員，正珉當然有更多失敗的陶器，她從中拿起因為撐不住窯溫，底部陶土膨脹而破裂的咖啡杯，小心翼翼地丟出去，劃出一道小小的拋物線，接著和其他陶器碰撞，然後「碰！」一聲痛快地破了。正珉開始大膽地打破陶器，第一次燒窯時做得太醜的，沒辦法成為陶器的器物就算只是用手輕輕一捏，也輕而易舉地變成碎片。

用鎚子敲打就會四分五裂的陶器讓正珉感到紓壓，也逐漸產生了興致，她一直以來都希望陶器不要有任何瑕疵，也沒想過現在居然是自己在親手敲毀。

「妳做的花瓶好像幾乎都在這邊了。」

基植拿起一個正珉做的扭曲花瓶，那是她還不熟練時，模仿基植的花瓶所做的。

「我的花瓶統統都有裂痕或破掉了，稍微好一點的也送給別人了……花瓶很適合送禮嘛，可能也是因為這樣，我家到現在都還沒有花瓶。」

正珉把最後一個玉米片碗敲碎，那是原本連接的小碟子直接斷裂的失敗作。一片碎片噴濺出來，滾到正珉腳邊，那是斷面已經碎得很鈍的碎片。正珉拿起曾經蘊含著自己滿心期待與心力，沒有任何一處沒碰過的一塊碎片。

「就這樣打碎是不是太虛無了？」

「因為可以重來，所以重新再烤就好了。我覺得陶器有裂痕或破掉也沒關係，因為我會繼續烤出來，不管是人或陶器，都不可能一口氣就完全成型嘛，經過好幾次的燒窯後所得到的才更有價值。」

基植用鎚子把大碎片敲成小塊，心裡反覆咀嚼著自己剛剛草率說出口的那些話。把那些話跟著陶器一起丟掉敲碎，是為了重新再烤一次對正珉的心意。

正珉把握在手上的碎片交給基植。

「……你可以之後再問我一次那個問題嗎？」

跟某個人建立新關係是正珉需要承擔的痛苦之一，因為從她的經驗來看，戀愛的終點總是糟糕透頂。在一段關係開始前會先想到結局與最糟糕的狀況，是她長久以來的習慣，她希望至少這次可以不一樣，但她還需要一點時間。

基植接過那塊碎片點點頭，並且決心下次要用更合適的話去打動正珉的心。

不知不覺過了午夜，雖然還不曉得今年的聖誕節會怎麼被記得，但正珉覺得應該會是她想記得很久很久的一次吧。

偏偏是栗刺村

在農曆春節連假後，說出「新年多福」會覺得尷尬之際，正珉約了珠蘭見面，雖然是正珉先提起這件事，但珠蘭說想等她身體舒服一點再見面。再次接到珠蘭聯繫是在兩週後，她說既然離職了，時間也比較有彈性，可以見面了。

她說自己在日山某家醫院接受治療，會去白石站，所以約好在下週四一起吃午餐。正珉雖然想問是哪個醫院、哪裡不舒服、為什麼突然離職了，但想起喜歡當面聊這種事情的兒時珠蘭，那個會稍微透露下次見面要聊什麼的孩子，正珉明白不該催促她。

在白石站附近的餃子火鍋店，珠蘭雖然穿著好幾層厚重的冬衣，但掩不住瘦弱的樣子，感覺她在這幾個月間好像突然變得更瘦了。

「妳還記得以前我們會省下幾百塊的零用錢，買大餃子來吃嗎？結果現在已經變成可以吃餃子火鍋的大人了，真是神奇。」

珠蘭的手似乎是覺得冷，雙手捧著飯碗說道，手就像冬天的樹枝一樣紅通通。

「就是說啊。」

正玴自顧自地在珠蘭的碗裡盛了餃子、肉還有湯，可以感覺到正玴在面對珠蘭時已經自在很多了。

「妳最近ＩＧ連載的小說很紅耶？」

「妳有看？」

正玴難為情得要命，小說中有靜的故事中，也有以珠蘭為基礎所塑造的人物，她應該不至於連這部分也發現吧……

「嗯，孝錫跟我說的，我從頭到最新的都追完了，甚至還是有設鬧鐘的熱血讀者耶！但妳如果要讓我登場，應該要給我出場費吧……啊，這餐給妳請吧！我出場費很貴的，就用這餐讓妳抵掉。」

「呃，看來妳讀得很仔細喔。」

「當然，還有滿多留言，感覺很有人氣啊。」

曹熙、智慧、孝錫和蒼太總是會留言，頂多就幾個陌生帳號而已。陌生帳號中也有很明確可看出是基植留言的內容，但他卻破綻百出地每次都用一樣的語氣，就連錯誤的拼寫也很像他。

「只有會看的人才看啊，難道妳也留言嗎？」

「沒有，我只有潛水，啊，但我會按愛心！」

如果以後把小說發行成書，珠蘭也會讀嗎？讀完究竟會說什麼呢？聽到珠蘭說她不留言，正珉覺得這表示她們彼此的距離還很遙遠。

珠蘭像在開玩笑似的，在碗裡翻翻攪攪，挑出黃豆芽和幾片白菜吃，明明堆滿了餃子和肉，但卻避開這些食物不吃。明明都跑來日山了，是不合胃口嗎？正珉內心很是擔心。

「我想先問這件事，妳怎麼開始跑醫院了？」

「別說了，我忙到連想到妳的空檔都沒有，直到上禮拜也還是平日公司，週末得來日山醫院接受不孕治療。我老公認識的醫生推薦這家醫院，其實我也是因為這樣才辭職的，雖然穿得很正式又只要坐著就好，但秘書也是身體挺辛苦的職業。老闆很常四處跑出差，我還得統統跟著跑，一天到晚擔心沒買到機票所以手機不離身，還要討好客戶，反正不是普通的累。我想說是不是因為工作太累才生不出孩子，所以就離職了。」

珠蘭的丈夫大她六歲，珠蘭也坦言公婆也很擔心丈夫年紀不輕，會施加壓力，但這其實也不是什麼太大的問題，畢竟最想要孩子的人其實是珠蘭自己。

「不知道原因嗎？」

「對啊，雖然公婆擔心是不是老公年紀的關係，但其實他那年紀也還算年輕，我們倆也都沒有生病，醫院老是不斷重複著要我們盡量遠離會造成壓力的事，我看應該是連醫生也沒什麼其他話可以講了吧。」

「那應該就是壓力吧，妳從以前就夢想當個家裡很多小孩的媽媽不是嗎？」

正珉知道珠蘭從小就有多渴望當個媽媽，聽到她的不孕消息也覺得更加難過。

「這算是一種情結嗎？就算最近有很多離婚家庭，我還是……我的心情就是那樣吧，至少一次也好，我也想要成為一個完整家庭的成員。有媽媽、爸爸和孩子，雖然這樣講可能會被討厭，但我老公真的不錯，賢明又勤奮，是個總會站在我這邊的好男人。就覺得應該不會發生像我父母那樣中途分手的事，我也有了跟他好好生活下去的自信。但流產的時候我真的……甚至還臭罵了上帝，我自認為沒做過什麼壞事，一路上也算活得不錯，我只是想要擁有那種別人一出生就擁有的，所有成員都在的平凡家庭，這難道是奢望嗎？」

珠蘭的眼眶泛紅，硬是強忍著淚水。正珉遞了張面紙給她，她一直都是傾聽的那一方，就算朋友傾訴她的痛楚與難過，她總是淡淡地遞上面紙，靜靜聆聽。雖然在其他人眼中或許會覺得冷淡，但這是在不帶任何同情或憐憫，認真聆聽對方故事，專屬於正珉的方式。

「我也不想這樣，但只要見到妳就都會講這些。其他人聽完總會分享自己的經驗，一定會要安慰我或用充滿希望的話結尾，但妳卻不會這樣。」

珠蘭哭了好一陣子，痛哭一場的她擤鼻涕時可能也覺得有點難為情，笑了一下。十五歲的珠蘭也會在擤完鼻子後笑出來……正珉暫時陷入過往回憶，連自己的鼻尖也發酸。

珠蘭充血的眼睛再次變回白色，兩個人都吃飽後，正珉才拿出一個購物袋，感覺現在正是那個時機。

「收下吧，我是因為要送妳這個才約見面的。因為不知道妳需要什麼樣的碗盤，其實有點煩惱，但想起妳喜歡我們家豬腳店附餐的蔥煎餅，這是個可以裝煎餅和任何東西的盤子。」

正珉把提前包裝好，寬大平坦，籃子形狀的盤子遞給珠蘭。這是她第一次在陶輪上抓穩重心所做成的作品，當時只有成功烤出兩個作品，一個是送給媽媽的花瓶，還在想說在媽媽之後腦中會浮現出誰的臉孔，結果是珠蘭的臉不斷盤旋腦海，於是正珉的第二個作品就到了老朋友手上了。

「這是妳做的嗎？我看一日課的時候還亂七八糟的，實力怎麼變得這麼強啦？我活著還真是第一次收到這種充滿誠心誠意的禮物耶，謝謝妳。」

雖然很珠蘭風格的大驚小怪讓正珉有點難為情，但她知道，對方是真心這麼說的。

兩個人為了去咖啡廳而前往栗刺村，要抵達栗刺村所在的鼎鉢山站需要走上足足三十分鐘，兩人慢慢走在街上，從正珉以前在珠蘭家睡覺時，珠蘭爸爸總會給她一把黑色牙刷這種細瑣回憶開始分享。路上還殘留似乎是今年最後一場雪還沒融完的碎冰，感覺再過半天應該會全部融化消失，春天正在悄悄來臨。

在栗刺村前的大馬路邊岔路，正珉小心翼翼地問：

「妳還記得那天嗎？」

珠蘭若有所思地慢慢開口。

「嗯，我爸那天突然說晚上要出去兜風，也是我第一次搭計程車，其實有點悲傷，每天被關在這個小小的空間裡，感覺是要去某個地方傳遞誰的幸福與不幸。在那之後的事其實我都不太記得了，頂多記得在警察局遇到阿姨而已？是我長大之後才跟爸爸聊天，把那天的碎片都拼湊起來。」

「我爸那天之後沒多說半句話離開了，所以我也沒有聽過他的半句辯解。我有很多想問他的，也有很多想聽他說的，但在那之前我有話想先跟妳說。」

正珉停下腳步，看著珠蘭。

「我很想問妳還好嗎？我爸的襯衫沾了非常多血，就算妳跟妳爸就在那裡，我也還是先擔心著那個人，我真是糟透了吧？我以為我跟那個人是同一種類型，以為這是沒辦法掙脫的……所以我才覺得我不能待在妳身邊，我怕我又會對妳造成傷害，所以覺得我應該要徹底遠離妳才行，因為妳對我而言就是如此珍貴的朋友。」

把之前實在沒能說出口的話說完，正珉這才終於感受到暢快。珠蘭反覆咀嚼著朋友的告白，緩緩開口道：

「不是朋友而已，而是珍貴的朋友，我真的很想聽到這句話……但會擔心爸爸這件事不是理所當然的嗎？你們是一家人啊，要把這種理所當然的事想成不理所當然是很辛苦的。」

正珉覺得她一直以來緊握著的拳頭中，力量好像在不斷流失。雖然她偶爾會很氣世界對自己很無情，有時候還會很暴力，但她到最後才意識到，是她對自己做出最過分的事。對自己的情緒自殘，還有比這更無情的嗎？切割著自己的內心，還有比這更暴力的嗎？她有種好像把自己的心挖出來，把緊緊依附在心裡，發出惡臭的汗水洗淨的感覺，然後生活就突然間變得讓人懷疑「真的可以這樣嗎？」的輕鬆。

「對不起，珠蘭，我爸的事情真的很抱歉。」

這是正珉第一次跟珠蘭說對不起，擔心會被聽成是想聽一句「沒關係」所以她才會一直都沒能說出口。

「好啦，道歉這樣就夠了。」

珠蘭沒說要原諒，因為需要祈求原諒的人並不是正珉。

「但我們重逢的時候，妳怎麼有辦法笑得出來啊？」

「這個嘛……我一開始也覺得妳很恐怖，每次在學校碰面都讓人氣得牙癢癢的。但過了十年，我跟平常一樣去教會做禮拜時突然想起那天。妳來我們教會玩的那天，不是在禮拜中途就出去了嗎？因為要把上帝叫成天父進行祈禱，但『父』這個字讓妳覺得不舒服，我要怎麼對那樣的妳……我還寧願妳是個會讓人討厭的壞孩子。」

兩人之間吹起溫溫的風，樹皮正下方，含著新芽的栗樹樹枝隨著早春的風一起搖動著。

「為什麼偏偏是這裡呢？我們重逢的地方。」

珠蘭「哼」了一聲裝出聚精會神的樣子，她那不期待答案，自言自語吐出的這句話也讓正珉笑了。

「……珠蘭啊，妳知道栗刺村為什麼是『栗刺』村嗎？」

塑窯工坊四處架設了攝影機，在差不多整理完畢後，具企劃進來。
「企劃！好久不見了，過得還好嗎？」
「我當然好啊，劉企劃，今天真的很謝謝妳救了我一命！」
幾乎是一年後才再見的具企劃跟以前沒有太大差異，她先跟提早到場的攝影導演和導演打招呼後，也很有活力地跟曹熙打招呼。
「十分鐘後會開始拍攝，最後請看著鏡子，坐下來就可以了。」導演向曹熙說。
曹熙有點緊張，一直在鏡子前摸頭髮，孝錫為了舒緩她的緊張，精神抖擻地說。
「老師，很漂亮了，再摸下去頭髮反而會出油啦，冷靜一點。」
來看拍攝的孝錫以經紀人自居，幫忙整理曹熙的頭髮。
「好，ＯＫ！現在開始不要再摸了，現在剛剛好！」
正珉遞了水瓶給曹熙說：

「老師，現在該入座了。」

曹熙微笑入座，雖然她表現得和平常一樣，但正珉隱約看著她的臉色。正珉不久前接到具企劃聯繫，說是得到教育廳的贊助，要製作「介紹百工百業」的YouTube影片，具企劃想起正珉有在學陶藝的事，所以她拜託了正珉詢問工坊陶藝家有沒有拍影片的意願。

一開始曹熙是拒絕的，發現正珉有點難堪，她問道：

「妳是不是很討厭拜託或說服別人？」

「對，畢竟對方說不要就是不要了……所以我以前很常被前輩罵說，就算出演者拒絕也要想盡辦法說服對方，這就是企劃的工作。」

「如果我拒絕，妳會變得難堪嗎？」

「不是！不是這樣的，這也不是我的工作，只是比較熟的前輩拜託我……」

曹熙苦思了一陣子才說，這也會變成一個回憶，於是接受了正珉的拜託。正珉擔心是不是因為自己的關係，才讓曹熙攬了一件麻煩事，內心一直過意不去。

具企劃和導演互相交流著信號。

「來，現在請妳拍一下手，攝影機就會立刻開拍。」

伴隨著曹熙的拍手聲而開始拍攝，問題不難，要怎麼成為陶藝家，職業的喜怒哀樂，以及想推薦這個職業給什麼樣的學生……但一正式開拍，曹熙稍早的緊張立刻消散，侃侃而談地接受訪問，甚至還有餘裕開玩笑和比手勢，根本就是適合做節目的體質啊！

「老師很厲害吧？」

孝錫來到正珉旁邊低聲說。

「對……這程度應該是有去上什麼訪談課程吧？」

「因為我們老師是有名的陶藝家啊，她接受過很多訪問，所以才會這麼熟練。」

所以剛剛的緊張都是演技嗎？正珉吐吐舌。

多虧了舌燦蓮花的曹熙，訪問進行得十分迅速。

「接著是最後一題，請問作為一個陶藝家的未來計畫是什麼呢？」

「我很喜歡教別人，所以像現在這樣經營工坊，認識會員，對我而言是非常巨大的享受。但我也有在考慮是不是該重新開始推出作品了，也像以前一樣辦展覽。」

「……好！謝謝妳，口才很好，拍攝很快就結束了。訪問就先到這邊，我們休息二十分鐘後再拍嵌入畫面。」

聽到曹熙的答案讓正珉頓了一下，重新開始推出作品的意思是以後塑窯工坊就不再上課了嗎？難道願意接受這場訪問也是因為想留下最後回憶嗎？正當她想去找曹熙問清楚時，具企劃擋住了正珉的去路。她約正珉一起出去買咖啡，看起來好像是有話要說，正珉也只能無可奈何地跟她出去。

「劉企劃，妳看起來變健康了喃！」

各自提著一袋咖啡回工坊的路上，具企劃突然將臉靠近正珉，仔細觀察後這麼說。

「什麼？」

「感覺也比以前多長了點肉……嗯，臉色好很多，果然還是要把這個工作辭掉才能找回健康。」

正珉也覺得自己好像比之前胖了些，但不是吃零食長的那種討人厭的肉，而是健康增長的肉，應該是因為一邊製作陶器，也開始會做點料理的關係吧。

「但企劃最近不做電視節目了嗎？今天這場拍攝也只在 YouTube 播而已耶。」

「天啊，劉企劃！妳是不懂最近時下年輕人的趨勢嗎？最近比起電視節目，YouTube 和直播帶貨才是趨勢，所以我想問問妳要不要跟我一起工作？我最近在考慮要不要認真開一家 YouTube 內容公司，就算規模不大，也想找我喜歡的導演跟企劃一起工作。」

「啊……我很謝謝這個提案，但我不想再做節目了。」

正珉一臉為難地說。

「是因為那件事的關係嗎？如果是的話，我跟妳說聲抱歉，當初沒有站在妳那邊，我真是個沒用的前輩。」

具企劃還補充說她一直很想跟正珉說這句話，就算是在電話聊天的那段漫長時間裡，內心裡也總有一角感到不自在，正珉因為前輩充滿真心的道歉心裡有點發癢。

「我已經忘記那件事了，畢竟我也沒有做對什麼事情嘛，其實我是想要挑戰其他事情。」

「妳想做其他什麼事？參加考試當導演？廣告公司？還是最近流行的ＩＴ開發？反正劉企劃也還年輕，隨時都能新出發。」

無法抑制好奇心的具企劃語氣直率，如果硬要分類的話，她屬於跟正珉截然相反的人，但這並不表示正珉討厭具企劃，正珉有預期對方的反應會讓她更難以啟齒，但也不能因為這樣就不坦白。

「都不是……我想要寫小說。」

具企劃的表情果然是不置可否。

「節目企劃通常都會想自己寫作，去挑戰小說或散文，但結果通常都……我這個經歷也因為想出書而開始寫作，結果在徵文比賽也被退貨啦，真的非常傷自尊！那條路並不是只要擅長寫作就能成功，並不容易，而且也不能保證會讓妳賺錢。」

最後這句話攪動了正珉的心，但她也拿自己那非常堅決的心意沒有辦法了。

「妳還記得我以前把我們組的原稿統統印出來讀的事嗎？」

「當然，我還四處跟別組說我們組的老么是原稿小偷啊，跟他們說妳是很認真的孩子，對文字的愛非常不一般。」

「在當上副手後，我也把我寫的文章全部印出來了。除了是要檢查錯字時，用紙本校對比較方便之外，我也很喜歡紙張那種沙沙聲。但好像是在去年夏天吧？我把我寫的文章統統放進行李箱裡，結果居然剛好裝滿一個二十四吋行李箱。我還想說原來我寫了這麼多嗎？但在那之中卻沒有半篇能完整想起的內容。」

靜靜聆聽的具企劃淒涼地說：

「節目用的原稿很快就會蒸發掉，因為是只能用聽的，不是人們能直接閱讀的文字，節目結束或轉台，就也一起結束了。」

「我現在想寫些能想起來的文章了。」

「劉企劃，妳知道妳文筆很好吧？」

「……」

這是正珉第一次親耳聽到前輩稱讚自己的文筆，她的內心撲通撲通地跳。

「二月還是好冷啊。」

具企劃一邊抖動著身體喃喃自語，說著忍不住了，打開工坊大門。

「不進來嗎？」

「要！」

把曹熙操作陶輪的畫面、把坯體放進窯裡燒的樣子，以及由孝錫特別客串，指導會員的樣貌拍完後，所有拍攝告一段落。製作單位一離開，工坊再度回到原本的氣氛。精疲力盡的孝錫和正珉癱坐在椅子上，只有曹熙看起來跟平常差不多。

「老師，我光是站在鏡頭前十分鐘而已就覺得超級累耶，妳真的好強。」

「這程度還好啦，大家看起來都累了，我們今天吃點好吃的吧。」

正珉想起自己從剛剛就想問曹熙的問題。

「但是啊，老師，妳之後就不在工坊上課了嗎？」

「我本來想先跟妳說的，但我沒料到訪問會有這一題。對不起，應該先跟妳說才有禮貌……如我剛剛所說，我暫時想專注於陶藝家的作品創作，但不是現在就會立刻把工坊收掉，我會慢慢整理塑窯工坊，去爸爸的工坊作業。我爸的夢想就是跟女兒一起辦展覽，結果是我打破了跟會員們約好我會一直守著這裡的約定了。」

「妳不用對我們感到抱歉，但是辦展覽的時候一定要跟我們說。」

正珉刻意用更快活的語氣說。

孝錫也補了句：「我也要！一定要跟我說喔，老師！」

「那是當然。」

塑窯工坊的結局不曉得為什麼也不算太突然，每當有會員離開，正珉好像就已經做好了離別的準備。

「正珉，妳等我一下。」

曹熙露出意味深長的微笑，到後面拿了一個花瓶。

「看來現在該給妳了，這不是我要給妳的，而是基植離開前先放進去烤的，他說春天快到了，如果妳沒有花瓶的話要把這個送妳。」

「他什麼時候……」

他怎麼會知道自己沒有花瓶呢？正珉猜想應該是一起把陶器敲碎的那天。

正珉的手緊握著有兩段優雅曲線的小花瓶，讓人聯想到波浪起伏的曲線，與平常基植作品會有的黑色紋樣不同，整體色調是隱隱的霧面溫暖綠光。溫暖的海洋，她開始想起跟基植散步到深夜的那天對話，以及問她說到大海會想到什麼顏色的基植表情。他曾說要把陶器送給製作過程中想起的人，所以他是在這個冬天開始浮現正珉的臉了，這部分正珉也是一樣的，因為有太多想著基植所做的陶器堆積著沒有送出，結果他就離開了。

她曾要對方以後再問一次那個問題，真沒想到居然是這麼悄悄地問，但這也是最像他的方式，而這次的問題，正珉的答案已經定好了。

「老師！孝錫！我看我該去高城了！」

綠光大海

正珉下了計程車，整個人抖個不停，在工坊門口徘徊了三十分鐘。三月不是已經春天了嗎？日山的寒冷已經退去不少，但高城不曉得是不是因為海風，還留有冬天的寒氣。雖然休假時她也常去東海岸玩，但加津海邊倒是第一次來。這裡與擁有知名的咖啡一條街的江陵安木海邊不同，人潮稀少，海浪也比較兇猛一點。大海的顏色也是灰灰藍藍的，哪有什麼湖水綠，看起來反而更像把藍寶石薄切成杏仁片一樣撒在水面上，不管在哪都找不到半點綠色蹤跡，但如果基植在一旁說這是綠色，那正珉肯定也會附和他的。

Daum
Ceramic studio & café

基植應該在那個可以眺望海邊的咖啡廳裡，正珉看著他傳來的工坊位置，看到都背起來了。坐落在海邊的那座象牙色建築，位置非常明確。用手機地圖的街景還看不到工坊，畢竟也還沒開張。是說兩週後要開幕嗎？但怎麼會叫「Daum」，有什麼意義呢？正珉的問題在嘴裡繞個半天，最後在工坊前可以看海景的長椅坐下，天色還很明亮，感覺可以在這裡多待一會。

「妳在這裡幹嘛？」

基植不動聲色地出現，因為工坊大門還沒掛玄關鈴，正珉根本不知道背後有人開了門。

「高城的三月還是很冷的，怎麼不先講一聲再來？」

基植遞上毯子，一屁股坐在發呆的正珉身邊。

「我從咖啡廳的窗戶看到妳，想說妳是不是要散步才沒管妳，結果竟然直接坐下來了，以為妳是不是發生什麼事情，我才過來的。」

居然被基植看到自己像個無所事事的女人在周遭徘徊的樣子，正珉難為情地把毯子當成被子蓋在身上。

感受到身體因為寒意而蜷縮，正珉在毛毯裡縮起膝蓋，用雙手包覆著。

「大海怎麼樣都看不膩吧？」把身體縮成一團，正珉問道。

「對啊，因為怎樣都看不膩，看來這裡就是我應該在的地方吧。這是能讓我變得最像我的地方，所以工坊名稱也是取『像我』的『像』[14]這個詞。」

「喔！」正珉小聲讚嘆一聲，感覺這個命名創意比有在寫作的自己更好。

「先進來吧，我帶妳參觀工坊。」

基植打開門說「妳是第一位客人」，無論是什麼事，第一總是有它的意義在。正珉邊感覺到自己是特別的，邊踏入工坊。一大早就開了暖氣的工坊裡充滿著溫暖的空氣，空間四處都有著基植巧手點綴的痕跡。總共有六張桌子，座位從四人座到可以欣賞海景的吧檯單人座，應有盡有。在義式咖啡機後方的廚房看起來就像家庭廚房一樣整潔，但沒有模仿社群平台上流行的氛圍，看起來反而更有感覺。想到這個空間是往返於首爾和高城的基植所打造，正珉都想欣慰地摸摸他的頭了。

廚房旁的拱型入口所連通的房間是陶藝工作室，在亂七八糟的工作桌旁的窗戶可以清楚看到正珉稍早所坐的長椅和大海，原來他是在這邊看著一切的呀。

「咖啡廳和工坊真的很帥。」

「妳慢慢逛，這是咖啡。」

在正珉參觀工作室時，基植不曉得是什麼時候沖了杯咖啡，遞出一杯倒了溫熱黑咖啡的咖啡杯，手捧著咖啡杯讓正珉突然覺得，這跟她第一次去塑窯工坊那天的情境一樣，沒錯，就是這個感覺啊。

「味道很棒耶！跟這個淺粉色的杯子也很搭。」

「那就好，我現在還在苦惱陶器和咖啡豆該怎麼搭配，也有在考慮要不要讓客人自己選杯子。」

「既然我都來了，那我就參加試飲會吧。」

「真是榮幸。」

基植露出他招牌的笑臉，做出假裝九十度彎腰的鞠躬問候，正珉每次都覺得很神奇，原來還有人會這樣笑啊。基植穿著圍裙還披著一件羽絨外套，那件特別顯眼的綠色圍裙還是很髒，其中一個口袋的線頭還被扯得七零八落。

「謝謝你的花瓶，我真的很喜歡。」

14. 工坊名稱「Daum（다옴）」通常作為「很像……」的接尾詞。

「那就好，妳之前不是說沒有花瓶嗎？我看妳實力明明一直在進步，但很怪的是就只有花瓶做不出來，做得稍微好一點的還送了別人。」

「我看到你就會變得眼高手低，一直想施展不符實力的技巧才會搞砸啊，但我是真的想要得到你做的花瓶。」

「怎麼不早說，我有一堆想著妳做的花瓶……」

「我也有很多可以給你的陶器，但你做得比我好太多了，要拿出來真的很丟臉，但是至少這個我還是想要送你的。」

正珉遞出包裝得有點隨便的箱子，又補了句：「好像有點晚了。」

「是圍裙啊。」

「一開始是你借我圍裙的嘛，感覺現在也到了換圍裙的時候……」

「正好是我需要的東西。」

基植立刻脫下羽絨外套，換下圍裙，有著褐色皮革裝飾的丹寧圍裙很適合他。

「穿著這件圍裙多做點好的陶器吧，也像曹熙老師那樣替大家沖泡好喝的咖啡。」

但基植的表情卻好像有點不以為然，有點苦澀。

「其實我沒信心，我有辦法把這裡打造成像塑窯工坊那樣溫暖的空間嗎？我還不熟悉沒有老師，也沒有智慧、準、藝莉和妳的陶器工坊，就連我也不自覺對這個空間認生。」

基植環顧工坊，過去三個月間，自己一個人在這個工坊製作陶器有多麼孤單，明明是個四處都是精心打造的空間，但卻不會讓人目光久留。每當這時候他就會想起塑窯工坊的會員們，讓心情像棉花糖一樣膨脹起來的一張張臉孔閃過，最後一個浮現的就是正珉的臉。在這個沒有任何其他人碰過的新空間裡，基植反而更想念塑窯工坊。

「也是，畢竟這裡沒有三明治店，也沒有冰淇淋咖啡廳嘛……看來得重新查美食餐廳了。」

正珉開玩笑地說，基植聽得出正珉現在的笑跟她最舒服自在時所發出的笑聲不同，正珉肯定還沒把她真正想說的話說出來，於是基植打算帶她去離大海更近的地方看看。

「我們去看海吧。」

踩過沙灘發出沙沙聲，兩人各自分享著最近的大小事，像是塑窯工坊即將歇業，孝錫少了酒友後感受到智慧的空位很巨大，藝莉和韓率在身高抽高後回來拜訪，即將成為大學生的準意外是個酒鬼，浩亞非常健康等等……正珉有很多話可以跟基植說，但基植卻沒有太多可以跟正珉分享的。

基植說他到高城之後什麼事都沒做，很晚起床，一邊烤著陶器，一邊思考還沒決定的咖啡豆，也會去其他咖啡廳做市場調查就是他每天的行程。但基植像個人生第一次睡懶覺的人一樣，興高采烈地說能睡到中午才起床是件心情很好的事。

總是在栗刺村小小工坊裡見到的基植，對正珉而言，是這個陌生空間裡，唯一的熟悉人事物。或許是因為這樣，她才會放著眼前美如畫的大海不看，視線一直看向基植，也因為這樣，彷彿置身於四周都被海水包圍，位於只有兩人在的孤島一樣。

「小說寫得還順利嗎？」

「正在努力，但很不容易啊。」

「我很喜歡妳的文字，也一直有在關注上傳到工坊ＩＧ的文章。」

正珉突然大笑，好不容易才冷靜下來的她打開手機記事本，遞給一頭霧水的基植看，基植雖然裝蒜，但他慌張地不敢直視正珉的眼睛。

「謝謝你，多虧這個讓我得到很大的力量。」

「我都有換帳號留言還是被發現了啊，好可怕，真是騙不了妳啊。」

基植雙手掩面，耳朵非常紅。

「但妳也真是的，明知是我留言也沒半通聯繫……」

基植故作生氣，他可是一直在等待正珉的聯繫，就算不給答案也沒關係，也希望對方能因為各種大小事聯絡自己。他忍了又忍，擔心如果自己先聯絡了，會讓對方以為自己又要提出上次的提案而感到壓力。即使基植知道該怎麼等待一個步調慢的人，也不能說完全沒有感到沮喪。

「我不是說過我是個超～～～緩慢的人嗎？」

即便不是要刻意測試基植的耐性，但正珉有所猶豫也是事實，她也對此感到抱歉，所以才更覺得不能再推遲下去了。

「那個冰淇淋咖啡廳啊，優格冰淇淋加巧克力碎片餅乾口味好險是還沒停賣。」

正珉不知不覺也背起那個落落長的名字，現在也不結巴了。

「真的嗎？」

「看來應該是也有不少人一直在支持優格和巧克力餅乾相遇吧。」

說話過程中都感覺嘴裡散發出一股甜味，為了不讓那個口味入土，正珉可是代替基植吃了好幾遍……

「妳也是其中之一嗎？」

「當然啊！一開始我完全沒辦法理解這到底有什麼好吃的，但就老是會想起它，吃著吃著又覺得好像也沒有這麼甜，因為巧克力覺得舌頭麻痺時，清爽又酸酸的優格又能抓住那個甜味。」

「妳也總算明白這個口味的真諦了，真是欣慰。」

「但我也不知道以後它會不會停賣了，畢竟支持那個口味的最後一個粉絲也快離開栗刺村了，栗刺村第四區３０１號……合約到期了，所以我正在思考要不要在高城迎接今年春天。」

正珉看著基植的側臉，基植也轉過頭盯著正珉，成了互相看著彼此的場面。正珉的胸口癢癢的，她還在猶豫著下一句話，基植輕輕抓住她的手，猶如在對著她輕聲說著：「繼續，妳繼續說吧。」

「我正在寫的小說，應該會是在面向安靜的東海岸的陶藝工坊裡發生的故事。」

「我猜應該也有一家用旁邊工坊的男人所做的陶杯沖咖啡的咖啡廳，對吧？」基植的嘴角畫出美麗的曲線上揚。

「對沒錯，還有一隻小貓，但是……你的過敏要怎麼辦啊？」

「我會再想想辦法的。」

兩人同時大笑。

正珉想在這個看得到海的地方迎接即將到來的春天，要找到必須在一起的理由並不難，困難的是把那個理由變成只專屬兩人的約定。在夜晚來臨前，太陽用盡最後一絲力氣，將最明亮的光芒撒在海面上，沿著溫暖的綠色海面所散發的波光出現了一條通往小島的路。在寒風中緊握的兩隻手，即使周圍寒冷，但雙手觸碰的地方還是那麼溫暖。季節也像海浪一樣，湧來又退去。

作者的話

我愛這世界上幾乎所有的「所要」與「逍遙」。

所要[15]：需要或要求。

逍遙[16]：自由自在地四處流轉踱步。

不管是事物或者關係，你曾在這些東西緩緩挹注過時間嗎？你是否曾經一邊散步，一邊讚嘆著自己在一整天的大小變化中，也不曾失去原本的初心？我怎能不珍惜這些讓我對自己提問的「所要」和「逍遙」呢？

另外還有捏陶，送進窯燒之意的「塑窯[17]」。

於是我又要發問了。我的質地是軟土，還是堅硬的陶器呢？我看我得多燒點陶才能找到答案了。當我接受窯門關上後，我就再也沒有任何事能做的瞬間，力氣從指尖流散，有氣無力感蔓延全身——這是當下的我所能感知到的一切。

謝謝允許我將塑窯工坊作為小說背景的老師，我就像握住圓滾滾的光滑卵石般小心翼翼地收集了村子和工坊名稱，但除此以外的所有背景設定，都是我的個人想像，也向欣然貢獻登場人物姓名的兩位朋友致上最大謝意。即使是我笨拙地遞出的問候手勢，周圍的人們也總是熱情地回應，他們的珍貴話語也融入了小說的每一個角落。

希望大家也能像鬆軟的陶土，包容彼此笨拙的手，不要害怕，學習珍惜珍貴的事物。希望大家都能找到可以完整容納每個「我們」的凹碗。我要將這本小說獻給像陶器一樣，緩慢但火熱地將人生窯燒出來的你。

二〇二三 早春

延沼珉

15. 소요，同原書以韓文漢字「所要」呈現。
16. 소요，與「所要」發音相同。
17. 「塑窯」、「所要」、「逍遙」的韓文都作「소요」。

國家圖書館出版品預行編目資料

手心裡的季節 / 延沼珉 著；黃千真 譯.--初版.--臺北市：皇冠. 2025.03 面；公分. --（皇冠叢書；第5214種）
（故事森林；08）
譯自：공방의 계절

ISBN 978-957-33-4264-9(平裝)

862.57　　114001201

皇冠叢書第5214種
故事森林 08

手心裡的季節

공방의 계절

作　　者—延沼珉
譯　　者—黃千真
發 行 人—平　雲
出版發行—皇冠文化出版有限公司
臺北市敦化北路120巷50號
電話◎02-27168888
郵撥帳號◎15261516號
皇冠出版社(香港)有限公司
香港銅鑼灣道180號百樂商業中心
19字樓1903室
電話◎2529-1778　傳真◎2527-0904
總 編 輯—許婷婷
責任編輯—黃雅群
美術設計—嚴昱琳
行銷企劃—鄭雅方
封面插畫—之一設計／鄭婷之
著作完成日期—2023年
初版一刷日期—2025年3月

法律顧問—王惠光律師

讀者服務傳真專線◎02-27150507
電腦編號◎592008
ISBN◎978-957-33-4264-9
Printed in Taiwan
本書定價◎新臺幣420元/港幣140元